Claudia Wessel. Zu dritt

Reihe LIEBESLEBEN

Buchreihe
LIEBESLEBEN

Claudia Wessel

Zu dritt

Erzählungen

Konkursbuch Verlag
Claudia Gehrke

FÜR IHN

Scham

Ein Herzinfarkt ist nichts dagegen.

Michael Schauer, stellvertretender Chefredakteur unserer Zeitung, höchstpersönlich an der Bar. Sein Gesicht taucht vor mir auf, als sich in meinem Unterleib gerade dieses Prickeln breit macht, rechts und links an den Eierstöcken, die Eileiter entlang, kreuz und quer durch meine Gebärmutter, in sie hinein und wieder heraus, hinuntertröpfelnd zwischen meine Lippen, um ihre Mitte kreisend, mich kitzelnd. Ein Ameisenschwarm hat sich aufgemacht, marschiert in alle Verästelungen meines Bauches und liebkost mich von innen.

Genüsslich bin ich eben von meinem Kinositz an die Bar geschwebt, mit zittrigen Beinen durch den Tunnel des Gangs gewankt, habe mein Hinterteil auf dem plüschig-roten Barhocker niedergelassen und einen wohlverdienten Prosecco bestellt.

Michael Schauers tief liegende Augen, sein schwarzes Brillengestell, sein hervorstehendes Kinn und seine den Hals einschnürende Krawatte sind für mich ein vertrauter Anblick. Aus den kühlen Hallen unserer Verlagsräume, den mit Teppichen belegten Fluren und aus der Kantine der Ruhr-Post, der größten und renommiertesten Tageszeitung unseres Potts, bei welcher er und ich die Ehre haben zu arbeiten. Ich kenne ihn außer aus der Konferenz und durch gelegentliche Anweisungen, die er dem Lokalteil gibt, von einem Interview, das ich vor Jahren mit ihm geführt habe. Der Anlass war ein tragikomischer: Seinerzeit wurde der dunkelhaarige Schauer mehrmals von der Polizei verhaftet und abgeführt, weil er einem steckbrieflich gesuchten Bankräuber ähnlich sah. Man beauftragte mich, in unserem Lokalteil eine kleine Geschichte über diese, für den armen Schauer sehr ärgerliche Episode zu machen. Natürlich durfte er sie vor Drucklegung Korrektur lesen und ich legte Wert darauf, mich in meinem Tonfall nicht etwa über das arme Opfer, sondern vielmehr über die unsensiblen Methoden der Polizei zu mokieren.

Auf diese Weise also hatten wir uns ein wenig näher kennen gelernt, und seit dem unterhaltsamen Interview pflegten wir uns verbindlich zu grüßen. Manchmal fielen Sätze wie: „Na, sind Sie mal wieder verhaftet worden?“ Und: „Nein, Gott sei Dank nicht. Sie haben ja den Täter jetzt auch!“ Im Laufe der Jahre jedoch beschränkten wir uns wieder auf die üblichen Floskeln. Das Wetter. Den bevorstehenden Urlaub. Oder die Auflage unseres begehrten und beliebten Blatts.

Der Arbeitsplatz ist ein grausames Umfeld. Man ist Menschen, mit denen man nur rein zufällig zusammengepfercht ist, über die Hälfte der Lebenszeit in einer normalen Woche ausgeliefert. Den größten Teil der verbleibenden Zeit verbringt man im Tiefschlaf, so dass Arbeitskollegen eindeutig eine dominante Rolle spielen, obwohl man sie sich nicht ausgesucht hat und dies auch bei den meisten nie tun würde. Noch dazu, und das ist gerade in unserem selbstdarstellerischen Gewerbe der Fall, wabern Konkurrenz und Neid, Missgunst und Eifersucht zwischen den durch Vitamin B und Sympathiepolitik an ihren Platz Gekommenen, der eine gönnt dem anderen die Butter auf dem Brote nicht und nichts wird so gerne zerfleddert wie die größten journalistischen Leistungen der lieben Mitschreibenden.

Der Arbeitsplatz eines Journalisten ist eine Öffentlichkeit, in welcher er den pieksenden Blicken der anderen ausgeliefert ist, den subtilen Andeutungen, zu welcher Intelligenz nun einmal fähig ist, und den immerzu nach Fehlern suchenden Augen. Wir Ruhr-Post-Redakteure sind eine von der Intellektualität durchdrungene Gruppe. Die diversen Geiste von uns Schreibenden schweben durch Flure und Großraumbüros, lassen sich im Konferenzraum nieder und schlagen sich in verschnörkelten Sätzen und sorgsam gedrechselten Worten nieder. Es gibt da etwas, das man sich in den heiligen Räumen unserer renommierten Redaktion nicht vorstellen mag – ebenso wenig wie man sich dies von den eigenen Eltern verbildlichen möchte – nämlich dass wir, die wir all unser Streben in das Entstehen von geistiger Nahrung legen, uns an anderer Stelle niederen Trieben hingeben könnten. Unser Arbeitsplatz, und darauf lege auch ich besonderen Wert, ist eine intellektuelle Luftblase, ein körperliches Nirwana, ein Wortanbetungsinstitut, in dem wir den Sieg des Menschlichen über das Tierische feiern. Der Komplex unseres Verlagsgebäudes in der Bochumer Innenstadt ist ein dem Fleischlichen trotzendes Mauerwerk, in welchem ein ungeschriebenes Gesetz unnachgiebig herrscht:

Kommen Sie nie geil ins Büro!

Dinge, die dem Körperlichen Vorschub leisten, sind denn auch vor allem bei der Redaktion nicht sonderlich beliebt. Als da wäre das allsommerliche Hoffest, sofern denn das Wetter mitmacht. Da sollen die Geistesarbeiter aus dem Finsteren ihrer Büros herauskommen, sich in die Gefahr begeben, die Meta-Ebenen, die sie an ihren Schreibtischen unablässig über jedwede Primitivität dichten, aus den Augen zu verlieren und sich zwischen die feisten Körper der Layouter und Tippsen, Texterfasserinnen und Hausboten drücken. Das versucht ein jeder so gut als möglich zu vermeiden, wofür Gott sei Dank die Arbeitszeit der Redaktion das ihre tut. Während schon um 16 Uhr sich Fensterputzer und Azubis, Sachbearbeiterinnen und die Betriebskrankenschwester um den dampfenden Grill und die Salatbar drängen, drücken die Redakteure den lockenden Duft aus ihren Nasen, schleichen sich nach Redaktionsschluss entweder durch Hintertüren davon oder aber lassen sich weit nach Einbruch der Dunkelheit in einem elitären Grüppchen in einer Hofecke blicken, um noch für ein, zwei Stunden die Mehrdimensionalität der Gesellschaft zu debattieren.

Auch ich habe mich dem ungeschriebenen Gesetz an unserem Arbeitsplatz immer gebeugt. Sobald ich aus der Straßenbahn steige, die um die Ecke vor unserem Haupteingang hält, streife ich alle niederen Gedanken von mir ab, lasse einen unsichtbaren Schleier über mein feistes Hinterteil fallen und hefte meine Augen auf Buchstaben, nichts als Buchstaben. Würde man mich beim alltäglichen Gang über den Hof unverhofft fragen, was ich letzte Nacht gemacht habe, es würde mir nicht einmal einfallen. Innerhalb der Mauern unserer Ruhr-Post hat noch kein Funke meine Haut gestreift. Mein Körper existiert gar nicht. Er besteht allerhöchstens aus zwei Beinen, die meinen schweren Kopf an meinen Computer tragen. Und jetzt Michael Schauer hier! Am Ort meiner Niederlage vor der fleischlichen Lust, meiner ganz privaten After-Work-Party in der niederträchtigen Bochumer Rottstraße.

Eine Kamera stehe vor der Tür, hatte man mir seinerzeit gesagt, daran sei der zwielichtige Ort zu erkennen. Warum ich mich über so etwas überhaupt unterhalte? Ich habe keine Ahnung mehr, wie wir damals auf das Thema gekommen sind. Es waren Besucher auf einer Party, einer stinknormalen Party. Jemand hatte die Leute mitgebracht, sie waren eigens aus Frankfurt angereist, um am nächsten Abend, einem Freitag, in eben jener Rottstraße einzukehren, deren Hausnummer sie nicht wussten, dafür aber die Kamera ganz genau beschreiben konnten.

Ich erinnerte mich später nur noch an die Augen, die braunen Knopfaugen des Mannes, der in Vorfreude auf den nächsten Abend gewesen war und dessen Augen auf eine Weise geglänzt hatten, die meine Neugier erweckt hatte. Rottstraße, dieser Name hatte sich in mein Gehirn gefressen, und eines Abends schaute ich auf den neben dem Schreibtisch meiner Kollegin hängenden Stadtplan und merkte mir den Weg. Es war noch hell und ich fand die Kamera auf Anhieb, ging aber schnurstracks daran vorbei. Mit der Dunkelheit kam ich wieder und schlüpfte hinein. Das ist Jahre her.

Mit meinem Schritt durch die verspiegelte Tür, hindurch durch den glänzenden kleinen Vorraum und hinein in das düstere Rot der Sitze unter den auf der Leinwand flackernden Hautfetzen, lasse ich alles hinter mir. Die Liebe und die damit verbundenen Anhaftungen. Das Denken und die damit verbundene Verantwortung. Den Geist und seine ewige Überheblichkeit. An diesen Ort, da bin ich mir bisher immer sicher gewesen, wird keiner meiner Kollegen sich je in seinem ganzen Leben verirren. Hier gibt es nur Prolls und Tussis, allerdings auch einen Rechtsanwalt und einen Immobilienfritzen, einen Autohändler und einen fetten Ungarn, der behauptet, Opernsänger zu sein, einen Baumarktleiter und massenhaft junge, verschüchterte Ingenieure, denen es noch nicht geglückt ist, eine Ehefrau zu finden.

Wie oft es mich durch die verspiegelte Türe zieht, ich kann es nicht sagen. Vielleicht alle drei bis vier Monate. So lange brauchen die Bilder in meinem Kopf, um wieder abgebaut zu werden. So lange hält die saftige Wärme vor, die ich aus dieser Wabe wie Honig sauge.

Am Abend des Zusammentreffens mit Michael Schauer, unserem stellvertretenden Chefredakteur, torkelte ich aus unserem Verlags-gebäude. Der Abend war regnerisch, unter meinen Kleidern klebte es. Ich wollte nach Hause gehen, doch ich konnte nicht. Immer näher bewegte ich mich auf die Rottstraße zu, ein unsichtbares Seil schien mich dorthin zu führen, sich zusammenzurollen, mich puppenhaft hinzuziehen zur magischen Tür.

Vorboten, man sollte an Vorboten glauben! Zwei Ecken vor der Einbiegung in die Rottstraße kam mir Fridolin Mayer entgegen, der Schlimmste aus unserer Lokalredaktion. Ich traue ihm keinen Zentimeter über den Weg. Was er über einen der unseren weiß, weiß ein Mittagessen später der ganze Tisch und so macht es in Windeseile die Runde. Gefahr in Verzug, sagte mir in jenem Moment ein Adrenalinstoß, und doch ging ich weiter. Marschierte einfach weiter und ging zielstrebig hinein, schob mich in das dunkle Labyrinth, in dem mich die bohrenden Blicke der Männer erwarteten.

Mein Kopf weiß oft noch lange nicht, was mein Körper plant. Er glaubt noch immer, ich sei nur auf einen Gin Tonic oder auf einen Prosecco aus, wenn schon meine Augen nach einem geeigneten Kandidaten suchen. „Hallo, Stefanie!“ ruft an jenem Abend eine Stimme und mein blonder, kleiner Verehrer taucht aus der Menge auf. Er kommt mir wie gerufen.

Wir machen es uns in der Bankreihe bequem, die mittels einer roten Kordel für Paare reserviert ist. Wir plaudern. Über den Film. Über die Männer, die sich über die Vordersitze beugen und uns anstarren. Über unsere Vorstellung von einem entspannten Feierabend. Seine Hand streichelt mein nacktes Bein. Im öffentlichen WC habe ich zuvor meine Strumpfhose und meinen Slip ausgezogen. Seine Finger berühren meine Weichheit. Er lobt sie. Die Nässe. Ich lege meine Hand in seinen Nacken und ziehe seinen Kopf herab. Die Wärme seiner Zunge bringt mich um den Verstand.

Wenn ich mich dem Moment der Momente nähere, fließt es nach oben aus mir heraus, über meine Stimmbänder drückt sich ein Wasserfall, der zugleich zwischen meinen Beinen niedergeht. Ein letzter Gedanke gilt meinem Schrei, der die auf mich blickenden Männer wahnsinnig macht.

Ich fliege mit ihnen davon.

Dann ist mein Unterleib überflutet.

In meinen Eierstöcken summt ein Bienenstock. Meine Lippen küssen sich gegenseitig, kleben aneinander fest. Ich stehe mit beiden Beinen auf dem Boden. Ich brauche dringend einen Schluck Prosecco.

Ich sehe Michael Schauer aus dem Dunkel des Kinos kommen. Sein schiefes Lächeln darf doch wohl nicht wahr sein. Er stellt sich einen Meter neben mich an die Bar und sagt kein Wort. Ich versuche, die Puzzleteile meiner zerstobenen Wahrnehmung einzusammeln.

„Hallooooooooo“, sage ich, unter mir sackt der Barhocker weg. Das Prickeln in meinem Unterleib arbeitet gegen eine fließende Honigschicht an, die über mich geträufelt wird und droht, mich zu ersticken. Unser Chefredakteur schluckt.

„Hallooooooooo“, sagt er und klingt wie Micky Maus.

Kann es sein, dass er gerade erst gekommen ist...? Eine Hoffnung. Oder hat er das alles...

„Sind Sie schon lange da?“ frage ich und proste ihm zu.

Er stößt sein Glas gegen meines.

„Ja“, sagt er. „Ich bin schon eine Weile da. Und Sie haben wirklich eine sehr schöne Stimme.“

Der GAU!

Na, das ist doch alles ganz normal menschlich, ja, klar, ich meine, was soll’s, wir gehen halt öfter hier her, mein Freund und ich, ja, ich gehe auch hin und wieder, nach Feierabend, der Stress in der Redaktion, was ist denn auch dabei, ja, nichts doch, logo, wollen wir nicht Du sagen, ja gerne, wie heißen Sie noch mit Vornamen, achja, Michael, der Michael, und die Stefanie, ja prost denn, und nichts für ungut, soll ich Sie vielleicht nach Hause fahren, nein nein, das macht schon mein Freund, dann wünsche ich noch eine gute Nacht....

Als er zur Tür heraus ist, schrumpfe ich zusammen. Ein Häuflein Asche, eine betrunkene Irre, eine Wahnsinnige, es gibt keinen Weg zurück. Herr Schauer, nein, Michael, hat mich gehört, wie ich mich selbst noch nie gehört habe. Oh, mein Gott!

Natürlich nicht, das bleibe alles unter uns, das sei ja wohl Ehrensache, aber bitte, ich bitte Sie, eh, dich, was ist denn dabei. Und wenn nicht, denke ich, und wenn nicht, wenn auch Fridolin Mayer erfährt, dass ich eine Schlampe bin und August Neuburg, unser Chef, und seine Frau und alle anderen unserer Geistes-Crew...

Wer vom Pferd gefallen ist, soll unverzüglich wieder aufsteigen. Du wirst die Kantine nicht meiden, sage ich mir am nächsten Tag. Du wirst nicht um eine andere Zeit gehen als sonst, sondern Herrn Schauer – Michael – in die Augen sehn.

Wir, meine Kollegen des 13.15 Uhr-Essensgangs und ich, betreten die Kantine. Wir stellen uns in der Schlange an, holen unser Essen, zahlen an der Kasse. Dann setzt sich unser Entenmarsch durch die lang gezogene, mit einer Glasfront ausgestattete Kantine in Gang. Ich lasse meine Blicke über die Anwesenden gleiten. Ist er da?

Er ist da. Er sitzt rechts an dem kleinen Tisch, allein. Ich muss ganz nah an ihm vorbeigehen. Michael Schauer, heute in einem dezenten grauen Anzug mit blauer Krawatte, wie aus dem Ei gepellt, lächelt mich an. „Guten Tag!"

nickt er. „Guten Appetit“ sage ich und wackele vorüber. Mit einem Schlag ist das Rotlicht da, hier in der Kantine unseres kühlen Verlagsgebäudes. Mein Arsch wölbt sich unter meinem Rock, meine Titten schweben über dem Essenstablett, meine Augen sind in einen milchigen Schleier getaucht. Der Saal voller Essender wird zum wippenden Trampolin, die Sonne, die durchs Fenster fällt, macht mich nackt. Schauers Satz von meiner schönen Stimme fällt mir ein. Mein alles durchdringender Schrei.

Peinlichkeit rieselt mit heißen Tropfen an mir herab.

Ich wusste bis zu jenem Tag nicht, dass unsere Verlagskantine ein mit wabbeliger Gelatine gefüllter Schlauch ist, dass die grüne Farbe der Essenstabletts mich so glücklich macht, dass auch während der Arbeitszeit da unten in der Stadt die Rottstraße lacht. Dass Michael, mein Gott, der Michael, unser aller stellvertretender Chefredakteur, so ein kleines geiles Schwein ist. Und dass es so herrlich ist, mich vor ihm zu schämen.

Den Tag, an dem sein Anruf gekommen war, hatte Isabel in warmer Erinnerung. Zuerst war sie erschrocken gewesen, als sie seine Stimme erkannt hatte. Er will die Kinder holen, war ihr Gedanke. Nur seltsam, dass er deswegen keine E-Mail schrieb oder die Kinder übers Handy informierte, die es ihr dann ausrichteten. Nicht, dass Isabel diese Methode der Kommunikation unrecht gewesen wäre. Sie war ja froh, dass der Schmerz nicht immer wieder aufgewühlt wurde, dass sie nicht immer wieder an jenen Silvesternachmittag denken musste, an dem ihre Welt zusammenbrach.

Seit jenem Nachmittag war ihr Mann nicht mehr ihr Mann. Der Name Silvio sprach sich nicht mehr in einem Atemzug mit Isabel aus, so wie es jahrelang gewesen war. 14 Jahre lang. Wie hatte sie anfangs üben müssen, um überhaupt „mein Mann" zu sagen. Es erschien ihr so besitzergreifend, so, als müsse dieser gut aussehende Halb-Italiener sofort wegrennen, wenn er es nur hörte. Wie schwer es gewesen war, sich selbst klar zu machen, dass es aber offensichtlich gerade im Sinne der Erfindung war, einen Besitzstand auszudrücken. Und dass Silvio vielleicht sogar von ihr besessen werden wollte. Schließlich war es seine Idee gewesen, zu heiraten, als Isabel zum ersten Mal schwanger war. Auch er hatte in diesem Moment eine Aura von Besitzdenken gehabt, hatte Sätze gesagt wie „Ich will mir die Rechte an diesem Kind schützen“ und „Ihr sollt mir gehören, alle beide.“

Isabel war gerührt gewesen, aber auch sehr aufgeregt. Die Welt war durchsichtig geworden, seit sie in ihrem Bauch ein Baby trug. Manchmal, wenn sie durch die Straßen ging, glaubte sie zu fliegen. Es fühlte sich nicht gut an. Es war, als habe sie jeden Halt verloren durch die Entwicklung, die in ihrem eigenen Leib vor sich ging. Jede Sekunde, die sie existierte, in der sie einfach nur den Zebrastreifen überquerte oder einkaufen ging, sich im Spiegel anschaute und die Augen schminkte oder sich die Schuhe band, vervielfältigte sich das Leben in ihr. In Isabels Bewusstsein war das, was da seit einigen Wochen in ihr lag, eine Gallertkugel, eine Geleemasse, die ein Herz in sich trug, eine pochende kleine Bombe, der sie nicht mehr entkommen konnte. „Lass uns heiraten“, hatte Silvio gesagt, nur wenige Tage, nachdem der Schwangerschaftstest positiv gewesen war. Isabel hatte von romantischeren Heiratsanträgen gehört. Auch war sie der

Meinung gewesen, dass Heiraten etwas sei, das Freude in einem auslöst, innere Jubelsprünge, Glückseligkeit. Vielleicht wenigstens Entspannung. Doch in Isabel bewirkte es eine Art Verkrampfung, eine Angst wie damals, als sie ganz alleine oben auf dem Fünfmeterbrett stand. Ihre Freundinnen hatten sie hoch geschickt, hatten ihr Mut gemacht, hatten sie angefeuert. Doch als sie dort oben den rauen, wippenden Boden des Bretts unter den nackten Füßen spürte, waren die Freundinnen nur kleine Punkte am Wasserbecken, weit weit weg. Das Zittern in Isabels Beinen konnten sie ihr nicht nehmen. Und wenn sie beim Absturz von diesem Brett sterben würde, wäre sie ganz alleine tot.

Ein ähnliches Gefühl hatte Isabel kurz vor der Hochzeit gehabt. Es hieß, eine Ehe bedeute Gemeinsamkeit. Das wusste Isabel, hatte es tausendfach gelesen und gehört. Ihr jedoch erschien es, als sei sie gemeinsam mit ihrem künftigen Mann eine doppelte Einsamkeit, eine aneinander gekettete Hilflosigkeit, ein Zweierbob, der skrupellos auf die eisglatte, in die Ungewissheit führende Bahn gestoßen wird. Eine Einsamkeit, die sich fortpflanzt und neue Angst gebiert, Babyangst, die nachts kreischt vor Hunger und Elend.

Sie hatten trotzdem geheiratet. Obwohl jedes Mal, wenn Isabel jemandem davon erzählt hatte („Silvio und ich werden heiraten", „Ich bin schwanger", „Wir werden ein Haus kaufen") etwas in ihr auf Protestgeschrei wartete. „Spinnst du, du kannst doch nicht heiraten!" hätte jemand kreischen sollen. „Du bist doch gar nicht reif dafür. Weißt du denn, was Liebe ist? Weißt du, was es heißt, Jahre lang mit ein und demselben Mann das Bett zu teilen und auch noch den Alltag? Weißt du, was es bedeutet, wenn Versuchungen an dir vorübergehen in Form junger, freier Männer, du aber einen dicken Bauch hast und hinterher hässlich sein wirst, wenn ein kleines Wesen, das wirklich nichts dafür kann, nach dir „Mama" rufen und in dir das Heil der Welt sehen wird? Weißt du, dass die Verantwortungen sich summieren, sich aufeinander stapeln im Laufe der Zeit und nicht leichter, sondern schwerer werden? Weißt du überhaupt, wie du einen Abend mit deinem Ehemann herumbringen wirst, wenn dieser Abend eine täglich wiederkehrende Selbstverständlichkeit ist? Wenn er mit dem immerselben Gesicht zur Tür hereinkommt und du an ihm siehst, was er am Morgen angezogen hat. Wenn du gar nicht weißt, was den Tag über geschehen ist, wenn vielleicht überhaupt nichts geschehen ist, vor allem nicht für dich, die du ein Baby spazieren gefahren und sonst keinen Menschen gesehen hast. Weißt du, welch ein grauenvolles Gefühl es ist, jemanden sicher zu haben? Keine Aufregung mehr zu verspüren, kommt er heute Abend oder nicht? Wird er mich anrufen oder nicht? Wenn er als dein Geburtstagsgast eine verdammte Selbstverständlichkeit ist und dir immer kurz vor dem Wiegenfeste deinen diesjährigen Wunsch entlockt? Wenn es anfängt, dich zu nerven, wie er mit der Kellnerin spricht, wie er sich beim Taxifahrer beschwert, wie er schmatzt, wenn er den ersten Schluck Bier genüsslich trinkt. Weißt du, wie einsam man zu zweit sein kann?"

Isabel wusste es, sie fühlte es, schon bevor sie zu zweit waren und zu dritt. Und doch heiratete sie Silvio. Denn sie war 26 Jahre alt und schwanger. Von ihrem Hochzeitstag blieben ihr vor allem ihre Kopfschmerzen in Erinnerung und der Blick in den Spiegel, der ihr eine furchtbare Frisur offenbarte. Ausgerechnet zum Hochzeitstag war sie beim Friseur an eine totale Anfängerin geraten. Isabel sah aus wie ein angeknabbertes Osterei und hatte unter dem schlichten weißen Kleid einen Bauch. Sie fand sich nicht schön.

Doch alle anderen hatten eine schöne Hochzeit. Sie feierten und lachten und beglückwünschten sie, und Isabel fragte sich irgendwann ernsthaft, ob sie in die Klapsmühle gehöre, weil sie jedes Mal, wenn ihr jemand „Alles Gute“, „auch mit dem Kleinen“ wünschte, eine Art Sadismus herauszuhören dachte. Vor allem, wenn Mütter älterer Kinder ihr dies wünschten oder Frauen, die bereits länger verheiratet waren. Dann meinte Isabel zwischen den Zeilen zu hören: „Viel Spaß bei dem Versuch, glücklich zu werden. Viel Freude bei dem Ertragen der Tatsache, dass aus deiner Zukunftsvision täglich ein kleiner Puzzlestein heraus bröckelt. Viel Spaß beim Überhandnehmen der Kälte und wenn der Regen durch die Fensterscheiben deiner Küche direkt auf dich und dein Baby in der schaukelnden kleinen Wiege fällt. Viel Spaß bei der Sinnlosigkeit des Kinderwagenschiebens und des Windelwickelns, beim Kaffeetrinken in Mütterzentren und Familienheimen, beim ewigen Fluchtversuch zurück in ein unbeschwertes Leben.“

Trotzdem heirateten Silvio und Isabel und danach machten sie eine Hochzeitsreise, in der Isabel wieder das Gefühl hatte, sie seien als Ufo aus dem All gefallen in eine fremde Welt.

Und die Inhaberin der kleinen Pension an der Nordsee hatte gut reden, wenn sie fragte „Ach, Sie bekommen ein Baby?“ und dabei so gönnerhaft klang. Und Isabel hüllte sich in ihren dicken Mantel und machte nach dem Spaziergang Mittagsschlaf und wenn sie vom Liegen aufstand, musste sie regelmäßig kotzen.

Der Sex mit Silvio war da. Er passierte manchmal ziemlich regelmäßig, manchmal gab es längere Pausen. Wir sind jetzt ein Ehepaar, dachte Isabel, und allein der Gedanke machte den Sex zu etwas anderem. Isabel kam es vor, als würde sich kein Mensch mehr dafür interessieren. Nicht, dass sich früher die Welt für das Sexualleben von Isabel Mohr interessiert hätte. Aber zumindest waren da all diese Interessenten gewesen, die gerne Anteil gehabt hätten an Isabels Körperlichkeit. Jetzt aber gab es nur einen, von dem man das behaupten konnte und auch der entwickelte das Interesse nur erzwungen. Glaubte Isabel. Anfangs.

Es war ein so furchtbar schwerer Eheanfang gewesen, den sie mit Silvio gehabt hatte. Nicht, weil er ein schlechter Ehemann gewesen wäre. Isabel wusste ehrlich gesagt überhaupt nicht, was für ein Ehemann er war. Denn sie wusste nicht, was in ihm vorging. Sie wusste lediglich, was in ihr selbst vorging, und das waren 80 Prozent Angst und 20 Prozent Verkrampfung. So richtig entspannend fand sie das Zusammensein mit ihrem Mann nur bei einem richtig guten Essen, und auch dann nur, wenn sie vorher sehr großen Hunger gehabt hatte. Doch kaum hatten beide ihre Leckereien aufgegessen, fragte sich Isabel schon wieder: Und nun? Was tut man nun in einer Ehe?

Sie hatte ein zweites Kind bekommen, nachdem sie zwei Jahre lang mit dem ersten herum gedoktort hatte. Windeln gewickelt, nachts nicht geschlafen, immer nur auf das Atmen dieses kleinen Wesens gehört, sich gefragt, wie dieser Halbmensch das Leben wahrnahm und ob heute eigentlich die Gegenwart oder die Vergangenheit sei. Das erste Kind hatte angefangen zu laufen, und Isabel war wieder schwanger geworden. Ich bringe es hinter mich, hatte sie gedacht, denn sie wusste, dass man zwei Kinder haben sollte in einer glücklichen Ehe. Dann hatte sie zwei Kinder und Silvio schien graue Haare zu bekommen und immer mehr zu trinken, aber sie konnte sich nicht darum kümmern, denn sie selbst wusste kaum mehr, wie sie hieß.

Die ersten schönen Erinnerungen an ihre Ehe

begannen, als die Kinder in der Schule waren. Sie hatten eine Ganztagsschule gefunden und Isabel hatte wieder einen Job angenommen. Die Wesen, die sie da auf die Welt gebracht hatte, kamen Isabel langsam vor wie normale Menschen, mit denen man sprechen und sich normal verständigen konnte. Es waren nicht mehr diese seltsamen Gefühlsklöße, die immer nur kreischten und seltsam aus den Augen schauten, um irgendetwas zu erreichen.

Als die Kinder in den ersten Schuljahren waren, begleitete Isabel ihren Mann auf eine Dienstreise. Sie wohnten vier Tage lang in einem feudalen Hotel in Stockholm. Zu Hause passte eine Babysitterin auf die Kleinen auf. So weit weg von Schulbroten und Hausaufgaben fiel Silvio Isabel wieder als Mann ins Auge. Sie gingen abends fein essen und tranken Wein und Isabel fühlte, wie ihr Gesicht im Kerzenlicht leuchtete. Sie hatten Sex, als seien sie alleine auf der Welt und zum ersten Mal fühlte sich das gut an. Langsam begann Isabel, ihren Mann zu lieben.

Sie liebte und begehrte ihn von Jahr zu Jahr mehr. Weil sich die Babytrance auflöste, ihre Figur wieder ansehnlich wurde, sie schneller einen Orgasmus bekam. Eigentlich wird das

Eheleben von Jahr zu Jahr besser, pflegte Isabel zu sagen und je intelligenter und selbstständiger und frecher ihre Söhne wurden, desto mehr erlaubte sie sich wieder Gedanken wie: Ich werde mit Silvio alleine in einen Luxusurlaub fahren und wir werden zwei Wochen lang in Champagner baden.

Isabel hatte nichts davon mitbekommen, dass bei Silvio eine andere Entwicklung stattgefunden hatte. Wo Isabel sich freier zu fühlen begann, hatte sich Silvio offenbar gefangener gefühlt. So zumindest erklärte sie sich rückwirkend das, was sie am Silvesternachmittag des Jahres 2001 erfahren hatte.

Ein Silvesternachmittag, der die Achterbahn ihres Lebens mit einem heftigen Ruck anhielt. Unfall! Katastrophe! GAU! Plötzliche Kollision mit einem entgegenkommenden Schienenfahrzeug, Schwerverletzte und Traumatisierte. Alle ins Krankenhaus eingeliefert, können noch nicht vernommen werden. Sind noch nicht wieder bei Bewusstsein.

Er habe sich in eine Schwester aus dem Krankenhaus verliebt.

Silvio. Ihr Mann.

Er habe es sich lange genug überlegt und er werde sie jetzt verlassen.

Heute?

Heute. Er habe es ihr versprochen, dass er am Abend mit ihr feiern werde.

Mit IHR?

Mit einem Knall zerplatzte der Kosmos, in dem Isabel bis zu jener Stunde gelebt hatte. Ihre beiden Söhne wurden hinaus ins Weltall katapultiert. Ihr Mann auf den Mond geschossen. Sie selbst fiel wie Fallobst zu Boden.

Silvio ging an jenem Nachmittag. Am Nachmittag des letzten Tages des Jahres 2001. Er ging innerhalb von weniger als zwei Stunden, nachdem er seiner Frau den neuen Stand der Dinge mitgeteilt hatte. Von da an verging für Isabel das Leben im Sekundenbruchteilrhythmus. Immer wieder glaubte sie, das alles könne nicht wahr sein. Sie glaubte es tausend Mal, bevor das Feuerwerk begann, das ihre Söhne, 14 und 12 Jahre alt, ungläubig bestaunten. Sie glaubte es, als sie die vier Portionen Lachs mit Meerrettich aus dem Kühlschrank holte und nichts davon gegessen wurde. Sie glaubte es hundert Millionen Mal, als das Neue Jahr begonnen hatte und Silvio, ihr Mann, jetzt nur noch als Umgang pflegender Vater zu Hause auftauchte.

Im Laufe der Wochen legte sich eine Betäubungsschicht auf ihre Haut, die das Nicht-

Glauben und Nicht-Wahrhabenwollen unter sich begrub. Doch immer wieder, sie brauchte nur zufällig die SMS auf dem Handy ihres Sohnes zu lesen, von Silvio, ihrem Mann, brach die Schicht auf und ein Feuerstrahl von Schmerz schoss in sie hinein.

Selbst während die Monate vergingen und Isabel immer wieder nachts schlief und morgens aufwachte und manchmal dachte, heute sei es besser geworden, war die Übelkeit des Schocks nicht auszurotten. Immer wieder ertappte sie sich beim Mitdenken von Silvio, es war ein Automatismus ihres Herzens, das ihn einbaute in Zukunftspläne und Szenarien. Wann immer das Bild von ihm in ihr auftauchte – die dunklen, kurz geschnittenen Haare, seine Vorliebe für blaue Hemden – hackte ihr Hirn dazwischen. Das Wissen: Es gibt ihn nicht mehr. Wo Silvio war, ist eine Lücke.

Die Zeit heilt alle Wunden, hieß es. Doch Isabel erschien es, als wachse die Leere, die sich hinter ihr ausbreitete, mit jedem Tag. Eine immer dickere Schicht von Einsamkeit umgab sie und eine Traurigkeit fraß sie von innen auf. Wie Kerben auf einem Gewehrkolben ritzten sich die wiederkehrenden Schocks in ihr Selbstbewusstsein: Er hat mich verlassen. Ich bin ihm nichts wert. Er hat mich ausgetauscht. Er kann ohne mich leben. Er vermisst mich nicht. Er hat mich nie geliebt.

Sie fand, dass sie hässlicher wurde, dass sie austrocknete. Ihre Arme wurden kraftlos. Sie merkte es, wenn sie für die Jungs kochte. Sie wurde kommunikationsunfähig, konnte nicht einmal mehr ein Lachen in sich hinein lassen.

Es wurde Sommer. Sie wollte es noch immer nicht glauben. Sie hörte Silvio vorschlagen, abends in den Biergarten zu gehen. 18 Uhr blieb eine Silvio-Zeit. Da hatte er spätestens angerufen und gefragt: Was liegt heute Abend an? Doch Silvios Haare schmiegten sich jetzt an eine andere, sein Duft gehörte ihr, seine Lippen in Großaufnahme.

An einem Augustnachmittag war sein Anruf gekommen.

„Hallo, Isabel!" hatte Silvio gesagt. Es hatte alarmierend weich geklungen. Innerhalb von einer Sekunde war ihr gesamtes gemeinsames Leben wieder da gewesen.

„Silvio!" hatte Isabel gehaucht. „Willst du die Kinder sprechen?"

„Nein, dich."

Sie hatte schlucken müssen. Ihr Herz hatte angefangen, zu hüpfen.

Und gleich darauf zu rasen.

„Warum?“

„Isabel“, hatte Silvio gesagt. „Ich...ich möchte dich zum Essen einladen.“

„Waaas?“

„Wir gehören zusammen, ich möchte zu dir zurückkommen.“

Genau diesen Traum hatte sie gehabt, eines Nachts, vor Monaten. Als sie zunächst vor Schmerzen nicht hatte schlafen können, als mitten in der Nacht ihr Herz von der Dunkelheit zerpresst worden war. Endlich war sie dann eingeschlafen, in einen gnädigen Schlaf. Und nach einem gnädigen Traum glücklich aufgewacht. Silvio hatte sie angerufen, „ich werde zu dir zurückkommen“ gesagt. Seltsamerweise war die Erleichterung erhalten geblieben, selbst, nachdem Isabel bewusst geworden war, dass es nur ein Traum war.

Wenn ihr so Schlimmes widerfahren war wie in den letzten Monaten, warum sollte ihr nicht auch Gutes widerfahren? Warum sollten Träume nicht wahr werden, Wunden geheilt werden? Wir gehören zusammen. Er hatte sich geirrt. Alles war wieder wie früher.

Der 18-Uhr-Anruf. Was liegt heute Abend an? Sex, besser den je. Isabel saugte Silvio in sich auf. Essen gehen. Ins Theater. Warten auf ihn bei späten Diensten. Isabel liebte das Warten. Weil da ein Warten war, wo noch vor Wochen das Nichts gewesen war. Seine Anzüge hingen wieder im Schrank. Seine blauen Hemden.

Es wurde Herbst. Silvio arbeitete viel. Isabel arrangierte Ausgehen zu zweit, Alleinesein am Abend. Sie genoss es, wieder von „meinem Mann“ zu sprechen, Einladungen anzunehmen, ihren Ehering zu tragen. Goldener Herbst, sie hatten begonnen, Golf zu spielen. Der gemeinsame Auftritt im Club, eine Geborgenheit. Im November regnete es zu oft, um auf den Platz zu gehen.

Im Dezember kaufte Isabel einen Adventskalender für Silvio, einen wunderschönen, bunten, mit alkoholischen Leckereien gefüllten. Die Türchen öffneten sich, sie waren wie Einladungen an Isabels Herz, sie nahm sie täglich aufs Neue an. Der große Riss in ihrem Herzen wuchs immer weiter zu. Ich wusste doch, dass er zurückkommen würde, dachte sie manchmal, wenn sie im Schrank seine Socken sortierte, die Nase in seine Hemden steckte und seinen Duft, der wieder ihrer war, in sich aufsaugte.

Sie nahm ihm alle Vorweihnachtsarbeit ab. Mit Freundinnen, die es nicht glauben konnte, backte sie Plätzchen und schmückte die Fenster. Mit den Söhnen besorgte sie eine herrliche Tanne, beinahe zwei Meter hoch, und auf Weihnachtsmärkten gönnte sie sich eine komplette Ausrüstung an neuem Schmuck. Für den ersten Feiertag lag bereits die Ente in der Gefriertruhe, Einladungen an seine und ihre Eltern waren ausgesprochen.

Am Heiligen Abend kam Silvio vom Nachtdienst. Er traf um 7.30 Uhr zu Hause ein. Isabel wunderte sich, warum er nicht wie sonst sogleich zu Bett ging. Bis zur Bescherungsfeier hatte er schließlich noch einiges an Schlaf nachzuholen. Isabel hatte im Bett auf ihn warten wollen, um ihn zu verführen, aus Freude darüber, ihn wiederzuhaben. Das wäre ihr persönliches Weihnachtsgeschenk, hatte sie sich selbst erlaubt, denn sie wusste, dass er auf Sex nach dem Nachtdienst nicht stand. Doch sie würde dieses eine Mal egoistisch sein. Nur dieses eine Mal und dann, wenn sie erst in ihrem Urlaub waren – als Weihnachtsgeschenk hatte Isabel das teuerste Hotel auf Teneriffa gebucht, mit Golfplatz gleich in der Nähe – würde sie alles wieder gut machen, tausendfach. Dort würde sie mit ihrem Herrn Doktor herumspazieren und es wie verrückt genießen, wieder seine Frau zu sein.

Doch Silvio kam nicht zu Bett. Isabel hörte ihn in der Küche rumoren, es klang, als öffne er den Kühlschrank. Eine seltene Angewohnheit von ihm.

„Hallo Schatz!“ sagte Isabel, als sie in einem hellgrünen, neuen Negligee am Kühlschrank hinter ihn trat und ihn umarmte. Silvio hatte die Kaffeemaschine angestellt, es duftete wie bei ihrem schönsten Sonntagsfrühstück.

„Du trinkst jetzt Kaffee?“ fragte Isabel.

„Wie willst du denn dann schlafen?“

„Ich will nicht schlafen“, sagte Silvio. Isabels Herz begann zu rasen.

„Warum?“ fragte sie und ihr Herz zitterte.

Silvio schwieg. Er holte eine Tasse aus dem Schrank und goss sich ein. Er fügte zu viel Zucker und zu viel Milch hinzu, trank aber trotzdem gierig. Er nahm eine Scheibe Brot und beschmierte sie mit Butter, legte ein Stück Käse darauf, biss hinein. Jede seiner Handlungen war eine Ohrfeige für Isabel.

„Ich kann das nicht, Isabel“, sagte er, als er einen Bissen zu Ende gekaut hatte.

„Was?“

Es hätte alles sein können. Er kann nicht den Weihnachtsbaum aufstellen. Er kann keine Ente essen. Er kann den Besuch seiner Eltern nicht ertragen. Er kann keinen Lachs mit Meerrettich essen. Er kann ihr kein Weihnachtsgeschenk kaufen.

„Ich kann das nicht, so leben. Mit dir und den Kindern."

Silvester nachmittags.

Heiliger Abend vormittags.

Wer hatte Silvio zum Henker gemacht, der Isabel köpfte, immer dann, wenn sie besonders vertrauensselig war. Wenn eines dieser Familienfeste anstand, an welchen selbst Männer mit einer Geliebten bei ihren Frauen blieben.

„Ist es wieder Rita?"

Er schüttelte vehement den Kopf.

„Eine andere?"

Er schwieg.

„Und du hast ihr versprochen, heute Abend bei ihr zu sein..."

Er nickte.

Es war Frevel. Sie wusste es. Es war Intimsphäre und zwar seine. Doch es war das einzige Lebendige, was ihr von ihm geblieben war. Ein Wesen, das mit der Außenwelt verknüpft war, auf sie reagierte. Es erzählte von ihm, wenn es mit der von ihm eingestellten Melodie klingelte.

Und, so erklärte sich Tatjana ihr Vorgehen, es war das Ding, mit dem seine Freunde und Geschäftspartner, all die, die es noch nicht wussten, versuchten, ihn zu erreichen. Schon deshalb musste sie es einfach am Leben lassen.

Denn Hannes war nicht mehr zu erreichen. Hannes war – tot.

Hannes tot. Zwei Worte in einer Verknüpfung, die unfassbar war. Tot – das war wirklich das Letzte, was zu Hannes gepasst hatte. Hannes war das blühende Leben selbst, ja ein Synonym für Unsterblichkeit gewesen. Mit seinen 59 Jahren hatte er noch ausgesehen wie höchstens 48. Sein Auftreten war eine Ode an die Selbstliebe gewesen. Der kahle Schädel, die frechen braunen Augen und vor allem sein smartes Grinsen. Leicht schief lag es in seinem Gesicht und die Art, wie Hannes dabei seine Lippen anspannte, sprach von vielen Übungen vor dem Spiegel. Die geraden Zähne, die er beim Lächeln weit auseinander riss, präsentierten sich als strahlende, gerade Linie, als Werbeträger für Zahngesundheit und als Neid hervorrufendes Blendwerk. Hannes war wahnsinnig fotogen gewesen. Auf einem Bild geriet sein Lächeln in den Vordergrund und zwar so, dass seine polierte Glatze einzig und allein zu dem Zwecke da zu sein schien, den richtigen Rahmen für dieses Lächeln zu bilden, für dieses Grinsen, dieses provokative Schönsein, dieses Männlichsein, erfolgreich und zielstrebig, über Leichen gehend. Hannes war der Mittelpunkt, jedenfalls seiner Welt.

Aus heiterem Himmel war Hannes im Laden eines Kunden zusammengebrochen. „Mir wird so übel" war als seine letzten Worte überliefert. „Darf ich einmal kurz auf Ihre Terrasse gehen?"

„Aber selbstverständlich", hatte der Kunde gesagt und gespürt, dass etwas Bedrohliches in der Luft lag. Dass Schuhhandelsvertreter Grossmann jedoch plötzlich wie ein Sack zusammenbrechen und keinen Mucks mehr von sich geben würde, hatte er nicht erwartet.

„Herr Grossmann, Herr Grossmann!" hatte Herr Krug gerufen und kurz an Grossmanns Schultern gerüttelt, sich dann eines Besseren besonnen und schnell die 110 angerufen.

„Mein Handelsvertreter ist zusammengebrochen, kommen Sie schnell!“

Tatjana erinnerte sich an den Anruf, in dem sie es erfahren hatte. An die zeitgleich mit dem Hören der Worte auftretende Übelkeit – ein Beweis dafür, wie schnell sich Gehörtes zum Gehirn vorarbeitete. Der heiße Sommerabend, ein Montag, an dem sie von ihrer nachmittäglichen Siesta vom Sofa in der verdunkelten Wohnung aufgestanden war – alle Rollläden waren halb heruntergelassen, um die Hitze auszusperren – den Hörer des alten schwarzen Telefons in die Hand genommen hatte – sie liebte das etwas dunkle Ambiente von Antiquitäten und Altmodischem, mit welchem sie ihre sündhaft teure Altstadtwohnung ausgestattet hatte – den Hörer ans Ohr genommen und „Hallo“ gesagt hatte. Sie erinnerte sich an die Stimme der älteren Dame in ihrem Ohr, eine Stimme, die sie kannte. Die Mutter von Hannes. Während seiner Kundenreise nach Berlin lebte er bei ihr, die bereits 85 war, aber immer noch stabil, selbstsicher und dominant. Die sie, Tatjana und auch Hannes, mit Vornamen anreden durften. Rosalinde. Dieser altmodische deutsche Name. Rosalinde.

„Hallo Tatjana, hier ist Rosalinde“, hatte

die Stimme in ihrem Ohr gesagt. „Ach, hallo“, hatte Tatjana gesagt. Sie hatte zu Hannes‘ Mutter immer ein ambivalentes Verhältnis gehabt. Sie hasste die herrische Art, mit der die alte Dame ihren Sohn herumkommandierte. Sie hasste den sezierenden Blick, mit dem sie sie, Tatjana, ins Visier nahm und beurteilte. Sie hasste, wie Rosalinde „Tatjana“ sagte. „Deine Tschechin.“ Als alteingesessene Berlinerin hatte Rosalinde noch immer ein gespaltenes Verhältnis zu allem Östlichen. Tatjana wusste nicht, ob sie selbst von den Vergewaltigungen betroffen gewesen war, die russische Soldaten am Ende des Zweiten Weltkrieges verbrochen hatten. Danach wagte sie nicht zu fragen. Auch die alte Dame hatte über dieses Thema den Mantel des Schweigens gedeckt. Niemals war ein Wort darüber über ihre Lippen gekommen. Trotzdem war sich Tatjana sicher, dass genau das ihr Vorurteil verursacht hatte, und unzählige Male hatte sie mit Hannes darüber diskutiert oder eher zu diskutieren versucht. Denn wenn Hannes ein Thema unangenehm war, wenn er über etwas nicht reden wollte, dann reagierte er herrisch und aggressiv.

Anfangs war Tatjana von dieser Reaktion beängstigt gewesen. Hoffentlich verlässt er mich nicht, hatte sie gedacht, wenn er so impulsiv war und lieber den Mund gehalten. Im Laufe der Jahre allerdings hatte sich herausgestellt, dass Hannes‘ Drohungen – „Ich suche mir eine andere, du gehst mir auf die Nerven“ – nur Peitschenhiebe waren, die er ihr versetzen wollte, um sich aufzugeilen. Dass sie seine Art waren, sich vom Weiblichen zu distanzieren, das per se die Macht hatte, allzu tief in ihn einzudringen. Ein typisches Muttersöhnchen-Syndrom, wie Tatjana in Diskussionen mit Vera analysiert hatte. „Er muss seinen Frauenhass ausleben, um sich von der Macht der Mutter zu lösen“, sagte Tatjana zu ihrer Freundin. „Er muss mich zuerst beschimpfen, bevor er mich lieben kann.“

Gegen seine Mutter als Verantwortliche für diese Konditionierung hatte Tatjana seit jeher gewisse Vorbehalte.

Jetzt war die Frau, die zu viel Macht über Hannes hatte, wofür er sie anbetete und hasste, am Telefon.

Ihre Stimme kroch aus den kleinen Löchern des schwarzen Hörers, ein Apparat mit klackernder Wählscheibe, den Tatjana liebte. Die Stimme sagte: „Hannes ist tot.“

In der ersten Sekunde fühlte sich Tatjana,

als habe Vera ihr gerade eine frappierende Neuigkeit aus dem Bekanntenkreis erzählt. „Hanna hat sich von Holger getrennt.“ „Sonja ist schwanger.“ „Karl haben sie gepfändet.“ Sie spürte eine Dankbarkeit für den Adrenalinstoß, für die schrille Neuigkeit, die die Ereignislosigkeit des heißen Sommeralltags plötzlich unterbrach. Für die Möglichkeit, ein entsetztes „Waaaas?“ auszurufen, während draußen vor dem offenen Fenster die Trambahn vorbeiratterte. Anders war lediglich, dass ihr Körper zeitgleich in ein Kreislauf stoppendes Bad getaucht wurde. Und dass Rosalinde sofort nach dem schnell und rau ausgesprochenen Satz anfing zu schluchzen und zu jammern.

„Waaaaas?“ rief Tatjana in den Hörer.

Ein Sekundenfilm lief in ihrem Hirn ab. Hannes in seiner beigefarbenen Bundfaltenhose mit Ledergürtel und dem Hawaii-Hemd-Verschnitt mit kurzem Arm, aus dem seine kräftigen, behaarten Unterarme ragen. Sein von oben herab auf sie fallender Blick und die typische Szene beim Einpacken. Tatjana auf dem Sofa, neben sich Hannes‘ Koffer, in den sie auf seinen Wunsch versucht, drei Paar Schuhe, Preislisten und Werbeschreiben mit hineinzupressen. Sie findet, er sollte die Papiere lieber in die Aktenmappe stecken und diese ebenfalls mitnehmen.

„Was soll ich denn noch alles rumschleppen?“ ruft Hannes ungehalten. „Jetzt tu doch einfach, was ich dir sage.“

„Aber es geht nicht“, sagt Tatjana mit auch nach 20 Jahren Deutschland noch durchschimmerndem tschechischem Akzent.

„Ach, du dumme Kuh“, entfährt es Hannes. Er geht wütend auf sie zu, will sie zur Seite schieben, doch sie leistet Widerstand. Er presst den Deckel des eckigen Aluminiumkoffers, in dem sich hochwertige Schuhe befinden, und drückt den Papierstapel nach unten.

„Du wirst noch das Leder der Schuhe zerkratzen“, sagt Tatjana.

„Was weißt du schon!“ presst Hannes hervor, während er mit beiden Händen den Aluminiumdeckel herunterklappt und die beiden Schlösser einschnappen lässt. Er nimmt den Koffer und stellt ihn ein wenig zu fest auf den Boden im Flur.

Tatjana sitzt noch immer auf dem Sofa. Sie trägt eine helle Hose und ein schwarzes Top. Ihr Bauch quillt um ein paar Kilos zu viel über den Hosenbund. Auch ihr Gesicht, vor zehn, 15 Jahren das eines kleinen, blonden Schmollmundengels, wirkt zu sehr gepolstert. Was aber noch immer ihre Vorteile ausmacht und sich auch Gott sei Dank im Laufe der Jahre nicht wesentlich verändert hat, ist ihr Busen. Hoch und stolz steht er vor ihrem Brustkorb, füllt den BH 85 D aus und ist Garant für ihre Macht über Männer.

„Dein Arsch ist zu fett!" rotzt Hannes ihr regelmäßig hin.

„Du musst fünf Kilo abnehmen. Wenn du das nicht schaffst, nehme ich dir den Fernseher weg."

Bang und Olufsen, ein Flachbildschirm in edlem Schwarz. Es war kein Geschenk von Hannes, denn Hannes warf mit Geschenken nicht um sich. Er betonte vielmehr bei jeder Gelegenheit, dass eine Frau ihn nichts kosten dürfe, sonst schmeiße er sie gleich raus, die Weiber seien sowieso alle nur hinter der Kohle her, bei ihm nicht! Verdienst doch selber Geld, kauf dir doch, was du willst, wackel nicht so aufdringlich mit deinem Arsch, bei mir läuft nix. Bist eh zu fett geworden, wenn ich da an früher denke, nimm endlich ab.

Doch eines Sonntag morgens in seinem Bett auf der Empore seiner Maisonette-Wohnung. Klebrig und nackt lagen sie im Bett, Hannes hatte geröhrt wie ein Hirsch bei seinem Orgasmus. Tatjana war stolz auf sich. Sie selbst hatte auf ihre Befriedigung verzichtet. Müde lagen sie Arm in Arm und klebten aneinander.

„Wenn du willst“, sagte Hannes im Liegen, seine Hand knetete ihre linke Titte. „Kannst du den Bang und Olufsen mitnehmen.“

„Waaaas? Wirklich?“ Tatjana jauchzte mädchenhaft.

Sie wusste, dieser Moment war einmalig und ließ einen sonst unmöglichen Einblick in Hannes‘ Herz zu. Er liebte sie, auf seine Art. Er musste sich nur überlegen fühlen. Tatjanas Fernseher war vor einigen Wochen kaputtgegangen. Seither lebte sie ohne, nicht aus Taktik. Aber dass Hannes mit ihr gemeinsam einen neuen einkaufen gehen würde, hatte sie schon gehofft. Vielleicht würde er ihr einen Schein dazugeben, aber mehr hätte sie nicht erwartet.

Tatjana konnte es kaum mehr erwarten, aus dem Bett aufzustehen an jenem Sonntagmorgen. Nicht, weil sie auf den Materialwert des Fernsehers scharf war. Nein, es war das Liebespfand, das sie endlich in ihrem Besitz haben wollte. Ein so teures und wertvolles Pfand, das sie in ihren eigenen vier Wänden horten durfte, und wenn Vera oder Anna vorbeikämen, könnte sie sagen, den hat Hannes mir geschenkt. Wer sagte denn, dass sie die ganze Wahrheit wissen müssten?

„Aber der ist geliehen“, hatte Hannes nämlich noch hinzugefügt, „damit das klar ist!“

„Na klar ist das klar“, hatte Tatjana in weiblicher Stimme gewispert. Auch so konnte sie sein und zwar perfekt. Ihr Wechsel zwischen aufmüpfiger Intellektueller und hingebungsvollem Weib war eine ihrer besonderen Spezialitäten, eine Überlebenstaktik im Dschungel des Patriarchats, wie sie Vera schon oft erläutert hatte.

So hatte sie an jenem Sonntag Hannes‘ Zweitfernseher, den er oben auf der Empore bei seinem Bett stehen hatte und so gut wie nie benutzte, in ihren kleinen Golf verladen und stolz wie eine Braut bei sich aufgebaut.

„... sonst nehme ich dir den Fernseher weg“, schmetterte Hannes ihr inzwischen bei jeder Gelegenheit an den Kopf, selbst vor Freunden bei einem schönen Essen, spätestens nach dem dritten Rotwein. „Wenn sie nichts gegen ihren fetten Arsch tut, nehme ich ihr den Fernseher weg.“

Du liebst doch meinen fetten Arsch, dachte Tatjana in solchen Momenten und schwieg diplomatisch. Sie führte sich vor Augen, wie er sich darankrallte, wenn sie vor ihm kniete. Wie er seine Hand auf ihr Fleisch klatschen ließ und sie beschimpfte. Du miese kleine Hure willst mich abhängig von dir machen, du weißt genau, dass ich ohne dich nicht mehr leben kann, dass ich deine nasse Fotze zum Ficken brauche wie die Luft zum Atmen, du mieses eingebildetes Stück, du IQ-Bestie, du sollst mit deinem lasziven Körper nicht immer vor mir herumwackeln wie die Versuchung im Paradies.

„Ich habe Macht über ihn", sagte Tatjana zu Vera. „Ach, echt?" sagte die und schüttelte wie immer staunend den Kopf. Die große, schlanke Frau mit der herben Stimme war immer für Tatjana da. In der großen Küche ihrer Altbauwohnung hatten sie schon so manches Fläschchen Rotwein gepichelt und immer war als Fazit herausgekommen: Kampf! Das sollte ihre Devise sein. Kampf mit allen Mitteln. Kampf für die Tschechinnen in Deutschland, für die Frauen in der Männerwelt. Kampf durch Anpassung ebenso wie durch Fickentzug. Mochte Hannes sie noch so oft fertigmachen und ihr mit Verlassen drohen. „Das ist doch nur Masche", wusste Tatjana. In Wirklichkeit hatte er noch nie eine Frau so geliebt wie sie.

Der schwarze Telefonhörer in Tatjanas Hand fühlte sich hart an. Sie spürte Schweißperlen aus ihrer Haut kriechen, so dass das Plastik unter ihren Fingern zu rutschen begann. Hannes' Schwanz hatte sie noch am Freitagabend in der Hand gehabt. Sie liebte das Rutschgefühl, die weiche Haut auf diesem harten Schlegel. Sie liebte es, wenn er wuchs, vom kleinen, ängstlichen Wesen zum stolzen bösen Krieger wurde, unter ihrer Zunge. Besser konnte man ihr und Hannes' Verhältnis nicht charakterisieren. Durch sie wurde er zum Mann, ohne sie war er nur ein Wurm, nur, wenn sie es wollte, durfte er sie aufspießen, in einem ihrer Löcher. Tatjana schmatzte jetzt, um zu sehen, ob noch ein Rest von seinem Geschmack übrig war. Ob sie den Ekel des weichen Schleims, der aus diesem harten Monstrum in sie gespritzt war am Freitag Abend, kurz bevor Hannes sich mit seinem Mercedes auf die nächtliche Autobahn gewagt hatte, genau jetzt würde spüren können. Ob sie sich an sein Grollen erinnern könnte. Ja, es klang wie ein Gewitter direkt über ihr, als er kam, vor Wut über Tatjanas Widerspruch, vor Besessenheit, sie zu erniedrigen, endlich kleinzukriegen, zu der kleinen Hure zu machen, die sie war. Ob sie noch einmal die seltsame, unerklärliche Energieübertragung fühlen konnte, die seine Explosion jedes Mal ankündigte. Es war ein Schauer, der ihren Körper durchlief, eine Welle, die auf sie zuschwappte, die aus seinem Schwanz drang, jedoch nicht aus dem Loch, das das Sperma freigab. Sondern aus allen Hautporen. Eine Energiewelle, die über sie prickelte und ihr ihren Erfolg verhieß. Gleich würde er wieder ihr gehören, für diese lange Sekunde seines petite morts, die Sekunde, in der ihr Loch alles war, was er vom Leben wahrnahm. Für diesen Triumph ertrug sie es gerne, das zuckende Spritzen der schleimigen Flüssigkeit an ihren Gaumen, den schwer zu unterdrückenden Würgereflex, den sich ansammelnden Brei auf ihre Zunge, der sie an die Graupensuppe erinnerte, die sie als Fünfjährige ihrer Mutter auf den Teller gekotzt hatte, weil sie so ekelhaft war. Den Moment der Überwindung, wenn es galt, das Zeug runterzuschlucken, obwohl jeder natürliche Reflex „Ausspucken" brüllte. Du hast es gleich geschafft, sagte dann ein kleines Stimmchen in Tatjanas Kopf und tapfer ließ sie die milchige Flüssigkeit in ihre Kehle gleiten. Wenn Hannes nur ein einziges Mal in genau dem Moment richtig dankbar gewesen wäre, so dankbar, wie es sich eigentlich gehörte dafür, dass sie sein Müllschlucker war, seine Entsorgungsmaschine, sein entpersonalisiertes Loch. Ein flüchtiger Gedanke war das, den sie mit dem Sperma hinunterschluckte. Er war so absurd, wie vom Herrscher eines Königreichs Dankbarkeit für die Anbetung durch sein Volk zu erwarten. Der König war sich sicher: Das Volk brauchte die Anbetung für sein Wohlgefühl, ja, es war geradezu süchtig danach, geschaffen dafür von einer höheren Macht, nur mit Hilfe von Anbetung eines Königs überleben zu können.

Mit dem Blasen hatte Tatjana am Freitag alles wieder ins Lot gebracht. Hannes war ihr über, hatte ihre übermäßig durchbluteten Gehirnverästelungen mit seinem Saft verklebt, es würde zumindest ein paar Stunden dauern, bevor sie wieder aufmuckte, doch dann war er bereits auf der Autobahn. Mit der Entspannung der leeren Hoden war er aus seiner Wohnung gegangen. Den letzten Kuss hatte sie in der Tür von ihm bekommen. Sie war da geblieben, hatte noch seine Blumen gegossen und die Wohnung aufgeräumt, das Geschirr in der Küche gespült und sein – ihr gemeinsames – Bett gemacht. Gegen 23 Uhr war sie weggefahren, zu Anna, die eine Sommernachtsparty in ihrem Garten gab. Um

3.47 Uhr hatte sie die verlangte SMS von Hannes bekommen. „Bin gut angekommen, Kuss“.

„Kuss“ hatte er ausgeschrieben. Nicht das übliche x geschickt. Nachts, nach einer großen Anstrengung wie dieser Fahrt, wurde er manchmal sentimental. Tatjana hatte gelächelt und noch einmal an sein Abspritzen wenige Stunden zuvor gedacht.

Wie seltsam, dachte Tatjana, dass sie in dem Moment, als Rosalinde als Geist aus einer fremden Welt in ihr Ohr drang, so konzentriert blieb. Dass sie von einer großen Kraft – es erinnerte sie an das Hochgeschossenwerden im Free Fall auf dem Oktoberfest – eine Ebene höher katapultiert wurde, von der sie alles überblickte.

„Wie kann er tot sein?“ fragte sie und im Nachhinein schien ihr jedes einzelne Wort, das aus ihrem Mund gekommen war, als ein Wunder.

„Was ist denn passiert?“

Was ist denn passiert. Töte mich, bring mich um, ramm mir ein Messer in den Bauch.

„Hatte er einen Unfall?“

„Nein“, heulte Rosalinde.

„Bei Herrn Krug ist er umgefallen. Im Laden. Es war ein Schlaganfall. Mein Junge....“

„Was?“ sagte Tatjana und hörte sich jetzt in einem überlegenen Ton sprechen, als müsse sie die alte verwirrte Dame von einem Hirngespinst befreien. Von einer Sekunde auf die andere hatte sie die Hoffnung, dass Rosalinde verrückt geworden war. Vielleicht war sie gefallen, lag jetzt auf dem kalten Boden in ihrer Küche, die Telefonschnur hinter sich herzerrend, Hannes war auf Terminen und hatte sie allein gelassen. Sie war auf den Kopf gefallen und in Panik, vielleicht lag sie sogar im Sterben, spürte die Lebenskräfte aus sich weichen und hatte nur einen Gedanken: den an ihren einzigen Sohn.

„Hannes ist nicht tot“, würde Tatjana tröstend sagen, mit etwas Mitleid und Nachsicht in der Stimme. Sie würde einen Krankenwagen holen und Hannes auf dem Handy anrufen. Sie würde dann sogar nach Berlin fahren, zur Beerdigung. Und sie würde Hannes trösten, den das alles fürchterlich mitnehmen würde. Sie würde alle seine Launen geduldig ertragen, ihm die Organisation abnehmen. Den Sarg bestellen, ein Grab aussuchen, den richtigen Friedhof. Alles abwickeln. Ihn trösten, anschließend. Sicher monatelang. Denn er hing doch sehr an seiner Mutter. Es würde ihn zurückwerfen, ganz klar. Eine harte Zeit kam auf sie zu, zweifellos.

„Rosalinde, geht es dir gut?“ fragte sie.

Tatjana hörte, wie aufgelegt wurde.

Krug. Der Inhaber eines Schuhgeschäfts im Grunewald. Wie war nur sein Vorname. Merkte die singende Dame von der Auskunft, wie Tatjanas Stimme zitterte? Wäre er überhaupt noch im Laden, jetzt um 17.30 Uhr? Und nach dem Vorfall...falls es ihn gegeben hatte. Wie sollte sie danach fragen? Ohne sich lächerlich zu machen, wenn es nur eine Irrheit von Rosalinde gewesen war?

Das Tuten des Telefons in Berlin dauerte ewig.

„Treter-Schuh, mein Name ist Dohrmann, was kann ich für Sie tun?“

Tatjana hatte die Luft eingesogen, um loszulegen. Jetzt klang sie atemlos. Ihr Herz raste wie unter Speed.

„Ja, hier ist Ruska aus München. Könnte ich bitte Herrn Krug sprechen?“

„Herr Krug ist heute leider nicht mehr im Geschäft. Kann ich etwas ausrichten?“

Die Entscheidung musste schnell fallen.

„Ich bin die Freundin von Herrn Grossmann. Stimmt es, dass er heute...“

„...bei Ihnen war“ wollte sie weiter sprechen.

Um zu hören. „Ja, das war er. Er ist jetzt mit Herrn Krug zum Essen gegangen..."

Stattdessen kam ein „Oh, mein Jott" von der fremden Berlinerin und erneut spürte Tatjana im selben Moment die Übelkeit. „Das tut mir wirklich leid. Darf ick, kann ick Ihnen irgendwie helfen...?"

Die Handynummer von Herrn Krug bitte, sagte Tatjana. Sie fühlte sich gedemütigt.

Was hätte sie getan, um seine Gewalt noch einmal zu spüren. Seine Hand, die ihren Rücken nach unten drückte. „Streck deinen Arsch raus. Höher." Seinen Unterleib, der gegen sie prallte, sein Schwanz, der in sie stieß. Wie gern hätte sie das Brennen in ihrem Gesicht gespürt, wenn er sie schlug. Sie wollte erleben, wie er sie nach einem Abendessen bei Freunden, bei dem sie ihm ununterbrochen Kontra gegeben und ihn mit ihren intellektuellen Redensarten und ihrer politischen Linkslastigkeit zur Weißglut gebracht hatte, durch die Tür seiner Wohnung schubste, so dass sie fast auf den Teppich fiel. Wie er hinter ihr durch den Türrahmen trat, die Tür zuknallte, seinen Mantel auf den Haken warf und langsam seinen Gürtel öffnete. Er knöpfte die Hose auf, zog den Reißverschluss herunter, ließ seinen Schwanz durch den Schlitz der Boxershorts raus. Er packte Tatjanas Haare und zog sie zu sich. Mit dem Daumen der anderen Hand öffnete er ihren Mund, steckte den Schwanz tief hinein, so dass es sie würgte. „Ich wichse in dein Maul“, sagte er. „Du oberschlaue Fotze.“ Unvermittelt stieß er sie weg. „Zieh deine Hose runter und bück dich über die Sofalehne.“ Tatjana beobachtete bebend, wie er langsam den Gürtel an der Schnalle aus seinem Hosenbund zog. Sie stand auf, ließ ihre Hose und ihren Slip über ihre Arschbacken gleiten, kniete sich auf das weiße Sofa und beugte sich über die Lehne.

Dann bestrafte er sie.

Die ersten drei Schläge waren wohltuend. Der vierte stach ins Fleisch. Der fünfte und der sechste ließen Tatjana laut aufschreien. „Wie hast du dich heute benommen?“ fragte Hannes.

„Schlecht“, jammerte Tatjana.

Hannes holte aus und ließ vier, fünf Schläge folgen. Vor Schmerzen spürte Tatjana kaum noch etwas. Manchmal geriet Hannes in eine regelrechte Raserei. Dann schlug er noch mindestens zehn Mal in schneller Abfolge zu, es half ein wenig, wenn Tatjana ihm ihren Arsch fest entgegenstreckte.

Schließlich hörte er auf, schob sie auf den Sofasitz, drückte ihren Rücken hinunter und fickte sie genüsslich, bis er kam.

„Er ist plötzlich ziemlich blass geworden, hat die Schuhe weggestellt und gesagt: ‚Mir wird so übel. Darf ich einmal kurz auf Ihre Terrasse gehen?' Er ist aufgestanden, doch er kam nicht mehr bis nach draußen, sondern ist gleich vor seinem Stuhl zusammengesackt. Wenn Sie mich fragen, er war sofort tot."

„Oh, mein Gott", sagte Tatjana. In Slip und BH, so, wie sie noch vor einer halben Stunde Siesta auf dem Sofa in ihrer kleinen Wohnung gemacht hatte, saß sie auf der Kante ihres gemütlichen, alten Sessels. Die harten Flusen kratzten an ihren Schenkeln, zwischen ihren Beinen spürte sie, wie sich Schweiß sammelte.

„Wo ist er jetzt?"

„In der Pathologie. Seine Mutter hat zugestimmt, dass eine Obduktion gemacht wird."

„Wann?"

„Soviel ich weiß, morgen früh."

Danke. Auflegen. Vom Sessel aufstehen. An sich herunterschauen. Soll ich noch duschen? Sich dagegen entscheiden. Etwas anziehen. Was? Etwa in Schwarz? In Schwarz. Ein paar weitere Sachen in Schwarz in die kleine Reisetasche packen. Die Kreditkarte nehmen. Ein Taxi rufen. Zum Flughafen. Den nächsten Flug nach Berlin. Irgendwann. Keine Ahnung. Vom Flughafen aus Vera anrufen. „Ich fliege nach Berlin. Hannes ist tot.“ Ihr Kreischen. „Spinnst du?“

„Ruf meine Schüler an, Timo und Sandra. Ich weiß nicht, wann ich wiederkomme.“

Ein Ticket kaufen. Einchecken. Alle anderen sind glücklich. Fliegen zu Freunden oder zurück von Geschäftsterminen in München. Abgeordnete auf dem Weg ins Parlament. Studenten der Freien Universität Berlin. Menschen, die Partner haben, die leben. Die nicht auf Bahren in Pathologiekellern liegen. Morgen früh. Wann morgen früh? Ich muss ihn noch vorher sehen, hatte sich Tatjana in den Kopf gesetzt. Bevor sie an ihm herumschneiden. Aus Zeitungsberichten wusste sie, wie entstellt Leichen nach einer Obduktion aussahen. Leichen. Oh, mein Gott, Hannes. Wie kannst du eine Leiche sein?

Nach ihrer Rückkehr nach München wusste sie nicht, wie sie das alles überstanden hatte. Rosalinde zu treffen, ihr zu erklären, dass sie nicht hatte glauben können, dass Hannes tot sei. Dass sie bitte nicht böse sein möge. Wissen, dass sie mit ihr gemeinsam jetzt die Beerdigung organisieren müsste, aber es nicht können. Sich in Berlin ein Hotel nehmen, sofort in der betreffenden Pathologie anrufen. Bei den Zuständigen herumbetteln, dass sie die Leiche sehen darf. „Aber Sie sind nicht verheiratet. Nur die Mutter darf zu ihm." Zu ihm! „Ich muss ihn sehen, sonst werfe ich mich vor den nächsten Zug! Wir haben acht Jahre lang zusammen gelebt." Schließlich die Erlaubnis. Seine Glatze unter dem Leichentuch, die Nase, die so seltsam spitz aus dem eingefallenen Gesicht ragte. Die Lider zugeklappt. „Darf ich ihn anfassen?"

„Auf Ihre Verantwortung."

War er giftig?

Die eisige Kälte, die aus seinem Körper strömte, in Tatjana hineinkroch. Die wahnsinnige Enttäuschung über ihn. Dass er sie verlassen hatte. Einfach so. Gegangen war.

Sie fanden nichts Ungewöhnliches bei der Obduktion. Schlaganfall. Das können schon 30-Jährige kriegen.

Der Besuch bei Rosalinde in der Wohnung, gleich nach der Beerdigung. Das Bett, das die Mutter für Hannes in einem der Zimmer gemacht hatte. Der Aluminiumkoffer, den Herr Krug Rosalinde zurückgebracht hatte. Ein Paar Schuhe fehlte, das hatte er im Laden vergessen. Ich bringe es Ihnen noch. Ach, Unsinn, lassen Sie doch. Ich will es gar nicht haben. Die Schuhe, die er angefasst hat, kurz bevor er gestorben ist. Mein Junge. Ich werde ihn bald wiedersehen. Ich werde es nicht mehr lange machen. Sein Jackett. In der rechten Tasche das Handy. Es meldete fröhlich T-D1, leuchtete und wartete auf Anrufe. Sofort, als Tatjana es sah, wusste sie, sie sollte es abmelden. Doch es schaute sie so geheimnisvoll an und so beredt. Es will mir etwas sagen, sagte sich Tatjana. Und steckte es in ihre Handtasche.

Im Flugzeug hatte Tatjana nur ihr Handy ausgemacht. Ihr kleines, silbernes Motorola, aufklappbar. Sein schwarzes, glänzendes Nokia 3330 hatte sie angelassen. Es war ihr egal, ob sie deswegen abstürzen würden. Sie legte es auf ihre linke Hand, umfasste es, ließ den Zeigefinger der rechten Hand über das Gehäuse streichen, fuhr damit auf die Tastatur und stellte es auf lautlos.

Tatjanas Hände zitterten. Sie hatte seit fünf Tagen kaum mehr etwas gegessen, sich nur von

Kaffee und Mineralwasser ernährt. Sie musste schon mindestens zwei Kilo abgenommen haben. Dein fetter Arsch. Tatjana senkte den Kopf und legte ihre Wange an das kühle Gehäuse. Tränen stiegen ihr in die Augen, die Kälte seiner Leiche fiel ihr ein. Am liebsten hätte sie das Handy wieder laut gestellt, um zu hören, wie es lebte. Wie es bei jeder Berührung der Tasten piepste und bei einem Anruf der Klingelton erklang. Sie legte es zurück in ihre Handtasche, eng angekuschelt an ihr Motorola.

In ihrer Wohnung stellte sie beide Handys wieder auf laut und legte sie nebeneinander auf den Couchtisch. Auf diesem Sofa hatte sie gelegen, in Slip und BH, als Hannes im Laden von Herrn Krug zusammengebrochen war. Als seine Hände erschlafft waren und sein kriegerisches Schwert für immer zum Wurmfortsatz geworden war. Ihre Wohnung, die bisher ein sicherer Ort gewesen war, ein Platz der Freiheit, in dem sie sich von Hannes und seinen Martern regeneriert hatte, um bald wieder lustvoll für ihn da zu sein, hatte sich zu einem Loch gewandelt. Ein Loch, das sie hinuntersaugen wollte ins Nichts.

Seine Wohnung.

Rosalinde hatte Tatjana beauftragt, Hannes‘

Wohnung aufzulösen. Seinen Mercedes würde sie in Berlin verkaufen. Auch für alle seine Sparverträge und Aktiendepots war Rosalinde nun die Berechtigte. Und sie erhielt seine Lebensversicherung.

„Wenn du Geld brauchst, Tatjana", hatte Rosalinde gesagt, „für das Auflösen der Wohnung, sag mir bescheid."

Sie müsste rüberfahren in seine Wohnung, die sie für seine Heimkehr aufgeräumt hatte. Die große Glasschiebetür, die auf die Terrasse führte, öffnen und erneut die vielen Pflanzen drinnen und draußen gießen. Sie mussten bereits am Verdursten sein nach der langen Abwesenheit.

Acht Jahre. In Wirklichkeit hatten sie nie zusammengelebt. Aber es waren acht Jahre. Tatjana war 34 gewesen, Hannes 51. Sie hatte ihn für höchstens zehn Jahre älter gehalten. Er war der Freund einer Freundin, Rita. Rita und Hannes waren jahrelang befreundet gewesen, nie verliebt. Rita konnte Hannes' Frauenfeindlichkeit nicht ertragen. „Mit jemandem wie dir würde ich nie ins Bett gehen", pflegte sie zu sagen. Trotzdem oder gerade deshalb waren sie dicke Freunde. Rita beschwerte sich regelmäßig bei Hannes über seine egoistischen Geschlechtsgenossen. Hannes stellte ihr im Laufe der Jahre unzählige junge Freundinnen vor. Allesamt Mäuschen, so Ritas Urteil. „Wenn ihr Männer solche Frauen braucht, dann vielen Dank. Dann finde ich nie einen."

„Das fürchte ich auch", sagte Hannes. „Du bist einfach zu zickig."

„Zickig!" rief Rita. „Wie ich dieses Wort hasse! Immer, wenn eine Frau anderer Meinung ist, nennt ihr sie zickig. Damit ihr euch mit ihren Argumenten nicht auseinander zu setzen braucht."

„Argumente!" hetzte Hannes. „Was sind schon die Argumente einer Fotze?"

Rita hatte ihm eine geknallt, als er dieses Wort in ihrer Gegenwart zum ersten Mal gebraucht hatte.

„Bist du bekloppt, so von Frauen zu reden?!"

Hannes hatte sich die Wange gerieben und gesagt: „Sei bloß froh, dass du nicht meine Freundin bist. Sonst könntest du jetzt was erleben!"

„Willst du damit sagen, dass du auch noch gewalttätig bist?!"

Rita war entsetzt. Schon erwog sie ein Ende der Freundschaft. Doch das Verhältnis besserte sich. Wenn sie sich gefährlichen Themen näherten, sagte Rita ihren Spruch: „Jetzt kommt wieder Hannes mit seiner Macho-Tour."

Und Hannes seinen: „Du hast ja bloß Angst vor einem richtigen Mann."

Rita und Hannes kannten sich bereits Jahre, als Tatjana zu dem Freundeskreis stieß. Sie war auf der Party von Ritas Nachbarin eingeladen. Rita bemerkte den tschechischen Akzent der Schmollmundblondine, hörte aber auch sofort ihre bissige Intelligenz durch. Sie unterhielten sich und waren sich über viele Dinge einig. Nicht zuletzt über die Männer.

Umso entsetzter war Rita, als Tatjana mit Hannes anbandelte.

„Bist du wahnsinnig, mit Hannes etwas anzufangen?" redete sie auf ihre Freundin ein.

„Du weißt doch, was er für ein Schwein ist! Er ist genau der Typ Mann, den wir hassen!"

„Den wir hassen?" fragte Tatjana. „Du hasst Hannes doch wohl nicht."

„Nein, verdammt, du weißt genau, was ich meine. Ich gehe ja auch nicht mit ihm ins Bett."
„Und wer sagt dir, dass ich das tue?" fragte Tatjana schnippisch.

Das Verhältnis war angeknackst. Zwischen Tatjana und Rita ebenso wie zwischen Rita und

Hannes. Doch Rita profitierte letztlich davon. Da sie immer seltener mit Hannes in die Oper, auf Partys und zu Veranstaltungen gehen und sich mit dem attraktiven Begleiter schmücken konnte, lernte sie Helmut kennen. Sie heirateten und zogen nach Hannover.

Tatjana hatte Ritas Warnungen von Anfang an gehasst.

„Hannes ist nie und nimmer treu, das ist dir ja wohl klar."

„Er behandelt Frauen wie Putzlappen. Der hat noch keine länger als ein Jahr gehabt."

„Der wird dich nie heiraten. Das ist ihm viel zu teuer."

Neidische Schlange, hatte Tatjana gedacht. Jedes Jahr, das sie mit Hannes zusammenblieb, empfand sie auch immer als Triumph gegenüber Rita.

Was wusste die schon von richtiger Hingabe, von Männlichkeit und Weiblichkeit, von Leidenschaft. Was wusste Rita davon, wie Hannes wirklich war. Und wie sie, Tatjana, wirklich war. Eine selbstständige, intelligente Frau, die Sprachen studiert hatte und jetzt Tschechischunterricht gab. Aber eben auch ein Weib.

Tatjana wusste: Sie und Hannes hatten den heißen Draht zueinander. In den Momenten ihrer Intimität, im Bett, zu Hause, fern anderer Augen, waren sie eins, eine Symbiose, füreinander geschaffen. Auch, wenn ihr gemeinsames Auftreten in der Öffentlichkeit immer wieder ein Spießrutenlauf war, Hannes sie niedermachte und sie ihn rhetorisch an die Wand drückte, seine intellektuelle Unterlegenheit vorführte ebenso wie ihre Waghalsigkeit. Wie sie ihm zum Horror aller Anwesenden immer widersprach, die Oberzicke war, die Stimmung zum Kochen brachte, so dass jeder meinte, heute Nacht gehe es mit den beiden wirklich zu Ende, genau so, wie er es immer ankündigte. Er werde sich eine andere suchen, sie nerve ihn. Sie gehe sowieso langsam aus dem Leim und man spüre ihr Loch kaum noch beim Ficken. Es müsse etwas Jüngeres her. Etwas Besseres als diese Schlampe mit Hängetitten.

Jeder seiner Orgasmen aber, jedes seiner frenetischen Auflösungserlebnisse, das sie ihm verschaffte, bewies ihr das Gegenteil. Bewies ihr, dass es ein Spiel war, das sie immer intensiver spielten. Genauso wie Rita Unrecht gehabt hatte, dass Hannes nicht lange mit Tatjana zusammen sein würde, so hatte sie auch mit allem anderen Unrecht. Hannes war treu und vielleicht würde er sie auch noch heiraten.

Wann hätte er fremdgehen sollen? Wenn Hannes in München war, waren sie fast jeden Abend zusammen. Meistens in seiner Wohnung, selten bei ihr. Die einzige Zeitspanne, in der sie ihn regelmäßig vermissen musste, war, wenn er nach Berlin fuhr. Doch dort musste er sich um seine alte Mutter kümmern, lebte bei ihr. Dazu kamen die Wochen, die Tatjana in Prag verbrachte. Beruflich, aber auch privat bei ihrer Familie. Okay, was genau Hannes in dieser Zeit trieb, konnte Tatjana nicht beschwören.

„Aber ich kenne ihn", sagte sie zu Vera. „Er kann nur so Sex haben wie mit mir. Und das macht keine andere mit."

„Da könntest du Recht haben", sagte Vera.

Als das Handy zum ersten Mal klingelte, schrak Tatjana zusammen. Die unbekannte, harte Melodie direkt in ihrer Nähe. So wie meist lag das Nokia 3330 neben ihrem Handy auf dem flachen Couchtisch. Tatjana saß am Computer und versuchte, einen Text aus dem Deutschen ins Tschechische zu übersetzen. Doch ununterbrochen schwebte Hannes hinter ihr. Seine Hand packte sie am Nacken, drückte ihren Kopf nach vorn. Eine Geste, die Tatjanas Blut in Sekundenschnelle in Wallung brachte.

„Schlampe", flüsterte er in ihr Ohr. Auf ihrem Schreibtischstuhl sackte sie in ein Loch. Der Moment, bevor es kein Zurück gab auf dem Weg zur Auflösung, war in unmittelbarer Nähe. Sie stellte sich vor, wie seine Hände von hinten um sie herum griffen, die Finger sich in ihre Brüste krallten, zupressten, so dass die Nägel sich in die Haut bohrten...

Was war das? Das Klingeln des Handys konnte Tatjana zunächst nicht zuordnen. Ein fremder Ton, der sie aus ihren Tagträumen riss. Dann war sie da, in der leeren Realität, in der Hannes' Handy-Display aufleuchtete und der penetrante Ton nach Ruhigstellung verlangte.

Tatjana bemerkte, dass sie zitterte, als sie auf den Tisch zuging. Einen Blick auf das Display warf. Ein unbekannter Name leuchtete auf. Sie nahm das Telefon hoch, drückte auf den grünen Knopf und sagte: „Hallo?"

Ein Schweigen war die Antwort. Dann sagte eine Stimme: „Ehhmm, habe ich mich verwählt? Ich wollte Hannes sprechen..."

„Nein", sagte Tatjana. „Das ist sein Handy."

„Ach sooooo........", sagte der Mann. „Alles klaro. Wo steckt er denn gerade?"

Unter der Erde, dachte Tatjana. Anstatt zu antworten, schwieg sie.

„Ich verstehe schon“, sagte der Mann am anderen Ende verständnisvoll. „Er steckt unter der Dusche oder aber in Ihnen ...Wie wär’s, wenn Sie ihn mir mal geben?“

In Ihnen. Du Arschloch, dachte Tatjana.

„Das wird schwierig“, sagte sie.

Ein Lachen war die Antwort.

„Soso. Macht ihr gerade so eine komplizierte Stellung, dass du ihm das Telefon nicht reichen kannst?“

Der Typ lachte laut über seinen eigenen Witz.

Dann sprach er mit Hannes, als könne der ihn hören.

„Hey, Alter, übertreib’s nicht. Es geht um eine Bestellung. Tausende, sag ich dir. Da muss das ewige Ficken mal zurück stehen...“

Das ewige Ficken.

„Sie können ihn nicht sprechen“, sagte Tatjana jetzt. Ihre Stimme klang kalt.

Der Mann zögerte einen Moment. Er hatte etwas Merkwürdiges wahrgenommen.

„Wieso?“ fragte er.

„Er ist tot.“

Mein Gott. Er sei ein guter Freund aus Berlin. Man habe manchen Abend zusammen gesoffen. Er habe lange nichts von ihm gehört. Sie sind die Tschechin. Ja, er hat mir von Ihnen erzählt. Nur Gutes, klaro. Wie konnte das passieren, was...Schlaganfall?? In seinem Alter. Stress? So viel nun auch wieder nicht. Eigentlich ging es ihm gut. Immer auf der Sonnenseite des Lebens. Unfassbar. Aber eigentlich, ein schöner Tod. Mein Beileid übrigens. Ich kann es immer noch nicht fassen. Ich muss jetzt aufhören, tut mir leid. Die Beerdigung war schon? Ich wäre sonst gekommen, bestimmt. Meine Güte. Hannes. Tot. Er sah doch so gut aus. So jung. Er konnte alle Weiber kriegen. Hätte können, natürlich nur, hatte eine Aura. Ja, dann, alles Gute noch, und ... kommen Sie darüber weg. Irgendwie. Ich bin fix und fertig. Auf Wiederhören dann. Tatjana. Ja, ich erinnere mich. Ciao. Leben Sie wohl.

Tatjana fühlte sich, als habe sie mit Hannes‘ Geist telefoniert. Als sei der fremde Mann ein Beweis dafür, dass Hannes gar nicht tot war. Musste er es nicht besser wissen? Kannte er ihn nicht besonders gut, von Mann zu Mann? Von einer Sekunde auf die andere sprang eine neue Wahrnehmung Tatjana an. Sie hatte eine unbekannte Lebensblase von Hannes berührt. Eine Ahnung von einem ganz anderen Hannes stand im Raum. Die vage Intuition, die sie dazu verleitet hatte, das Handy an sich zu nehmen und den Vertrag weiterlaufen zu lassen, konkretisierte sich. Eine rasende Eifersucht sprang Tatjana an. Es gab da noch etwas, das sie an Hannes nicht gekannt hatte. Es gab da einen Tonfall, in dem er mit Menschen wie mit diesem Mann gesprochen hatte, den sie nie aus seinem Munde gehört hatte. Eine Wut kochte in ihr hoch. Eine Irritation darüber, dass das Bild, das sie von Hannes in sich zementiert hatte, und das seit dem Tage seines Todes unveränderbar und unverrückbar schien, Schatten bekam, neue Farben. Das will ich nicht, wollte sie schreien. Der einzige Vorteil seines Todes, dass er sich für sie nie mehr verändern konnte, war von einer Sekunde auf die andere verloren. Sie müsste einen Mord begehen, der Gedanke schwappte in Tatjana hoch. Einen Mord an dem Unbekannten über Hannes. Einen Mord an seinem Handy. Es war falsch gewesen, es am Leben zu lassen. Es barg unwägbare Gefahren. Eine Angstwelle erfasste Tatjana.

Ich werde es abmelden, sagte sie sich. Immer noch stak die Hitze in ihrer Wohnung, der Sommer war ein Traum. Bei diesem Wetter waren Hannes und sie immer in den netten kleinen

Biergarten beim Bienenheim gefahren. Tatjana hatte eine Brotzeit mitgenommen und sie hatten sich an eine der Bierbänke gesetzt, rundherum Vorstadt-Ehepaare in fortgeschrittenem Alter, Rentner, die mit dem Radl gekommen waren und die streng auf ihre Ausgaben achteten, die in einem der Wohnblocks mit geraniengeschmückten Balkonen wohnten, die an der Bahnlinie entlang hierher geradelt waren.

In dieser Biergartenspießigkeit hatte Hannes Tatjana immer sehr gefallen. Sie und er hatten sich eingefügt in die Ordentlichkeit des Paar-Lebens, in die Sicherheit und Anständigkeit gefestigter Bahnen, in die Berechenbarkeit der Armut, die über dieser grauen Vorzeit-Oase schwebte. Wie auf einem aufgeblasenen Sitzkissen hatte Tatjana hier vor Hannes gesessen, die Härte der Holzbank nicht gespürt. So lange sie saßen und aßen und Hannes ein Weißbier trank und Tatjana eine Weinschorle, waren sie ebenso glücklich verheiratet wie all die anderen. Noch immer hielt Tatjana das Handy in ihrer Hand, es wurde heiß. Sie warf es aufs Sofa. „Du Scheißding!" schluchzte sie, ließ sich auf ihren Sessel fallen und weinte, bis die Augen brannten. Ich werde so hässlich werden, schoss es ihr dabei durch den Kopf, nicht nur, dass er mich verlassen hat, er wird mich auch hässlich machen. Ich werde immer dünner werden und meine Titten werden wirklich hängen, meine Augen rotgerändert sein und die Tränen werden meine Haut auffressen.

Als hätte das Handy ihr absichtlich eine Woche Zeit gelassen, bevor es seine schändliche Mission begann – es war der Dienstag der Woche nach seinem Tod – blieb es jetzt nicht bei dem einen Klingeln. Bevor Tatjana überhaupt die Wohnung hätte verlassen können, um zur Telekom zu gehen und es abzumelden, klingelte es erneut. Eine Firma war dran, wohl die Sekretärin. Sie klang offiziell und wollte Herrn Grossmann sprechen, um bei ihm zehn Paare der hochwertigen Lederschuhe zu bestellen. „Herr Grossmann ist leider verstorben“, hörte Tatjana sich ebenso offiziell sagen.

„Oh“, sagte die Dame nur kurz. Sie hatte ihn offenbar nicht persönlich gekannt. „Das tut uns aber leid. Ich werde es ausrichten.“

Sie fragte nicht einmal, woran er gestorben war.

Als Tatjana aus dem Bad kam, wo sie eine lange, warme Dusche genommen und versucht hatte, damit die Versuchung abzuwaschen, das klingende Monstrum weiter zu behalten, leuchtete ein kleines Briefchen auf, das eine eingegangene Nachricht ankündigte. Auf der Mailbox.

Das Handtuch um ihren Busen gewickelt, hob Tatjana das Handy wieder auf, es lag schwer auf ihrer Hand. Sollte sie es riskieren, ihren Hannes weiter zerstückeln zu lassen? Was schlummerte noch alles in diesem kleinen schwarzen Teufel?

Sie wählte die Nummer für die Mailbox Abfrage und hielt das Telefon an ihr Ohr.

„Hallo, Hannes“, sagte eine Frauenstimme. „Wollte mich nur mal wieder melden, wolltest du nicht in diesem Monat wieder in Berlin sein? Ich habe dir doch das Cous-Cous mit Meeresfrüchten versprochen...“

Tatjanas Herz bekam einen Schlag. Hinter ihrer Stirn begann ein Pochen, eine Vorwarnung kommender Kopfschmerzen.

Cous-Cous mit Meeresfrüchten.

Hannes liebte Cous-Cous. Er selber war der beste Koch dieses Gerichts. In dem edlen Esszimmer seiner Wohnung hatten sie manches Abendessen für Freunde gegeben, bei dem es zuerst Cous-Cous und später flaschenweise Arrak gab, dann dumme Redensarten und die üblichen Szenen.

Aber Cous-Cous mit Meeresfrüchten.

Das war Tatjana neu.

Sie versuchte, eine Absendernummer der Cous-Cous-Frau zu finden. Es gab keine. Der Anrufer war anonym.

Da kannst du lange warten, murmelte Tatjana vor sich hin, und zum ersten Mal war sie für eine Sekunde froh, dass Hannes tot war.

Immer mehr Leute vermissten Hannes. Kunden und Freunde riefen an, Namen, die Hannes in seinem Handy gespeichert hatte, leuchteten auf. Tatjana kannte nur einen Bruchteil von ihnen, wie sie beim Durchblättern festgestellt hatte. Etwa zehn waren Frauennamen, die ihr nichts sagten. Gisela. Annika. Alessandra. Einige mit italienischer Vorwahl. Hannes war auch hin und wieder nach Italien gereist, um Schuhe zu importieren. Die mit der österreichischen Vorwahl, das wusste Tatjana, war die seiner Exfreundin, Moni, die jetzt in Linz verheiratet war. Mit ihr war er gut ein Jahr zusammen gewesen und sie mussten sich prächtig verstanden haben, vor allem im Bett. Moni war offenbar sehr hübsch gewesen, wie Tatjana den Gesprächen zwischen Hannes und seinem alten Freund Paul entnahm, mit dem er auch zu Monis Zeit schon befreundet gewesen war. Gleichzeitig aber musste Moni vor Dummheit gestrotzt haben. „Es war immer so peinlich, wenn sie den Mund aufmachte und mit ihrer Naivität etwas fragte." Solche und ähnliche Bemerkungen fielen immer wieder. Auch Rita hatte Moni gekannt und sie in den schwärzesten Farben geschildert. „Sie ist die Blondine, wegen der sie die Blondinenwitze erfunden haben."

All die Jahre hatte Hannes zu Moni einen losen Kontakt gehalten, der Tatjana zwar ein Dorn im Auge war, weil sie vor allem seine Schilderungen hasste, wie gut sich Moni ficken ließ. Dennoch war sie sich sicher: Mit ihr, Tatjana, hatte Hannes sich um Klassen verbessert. Sie vereinte beides in sich: guten Sex und Intelligenz. Und vor allem letzteres, da hatte Tatjana keine Zweifel, brauchte er. Denn nur so konnten sie ihr Spiel auf die Spitze treiben, ihre Leidenschaft so viele Jahre lang aufrechterhalten und immer weiter steigern.

Bei Lesen der Frauennamen in Hannes' Handyverzeichnis bemerkte Tatjana, dass sich eine riesige Spinne in ihrem Unterleib niedergelassen hatte. Sie ruderte dort unablässig mit ihren langen spitzen Beinen, stach ihr mal in die Eierstöcke, mal in die Gebärmutter, verhakte sich in ihren Darmschlingen und löste Durchfall und Menstruationsschmerzen aus. Essen konnte Tatjana ohnehin immer noch kaum etwas. Immer wieder überlegte sie, wenn sie durch den Supermarkt ging, ob es nicht doch etwas gab, auf das sie Lust hatte, doch in der gesamten Palette des Warenangebots war nichts zu finden. Obst war ihr zu sauer, Nüsse zu schwer, beim Gedanken an Fleisch glaubte sie, auf der Stelle kotzen zu müssen, Pasta schien ihr den Leib zuzukleben, an Brot würde sie ersticken, von Süßigkeiten müsste sie würgen. So steckte sie doch immer wieder nur eine Packung Kaffee ein, ein paar Flaschen Mineralwasser und Alkohol. Weißen Martini für tagsüber und roten Wein für abends, den schwersten, den sie mit ihren von Hannes erworbenen Kenntnissen im Regal finden konnte, einen Wein, der sedierte und wenigstens für ein paar Stunden betäubte, so dass sie auf ihrem Sofa in einen kurzen Schlaf fallen konnte.

Seit ihrer Rückkehr aus Berlin schlief Tatjana nur noch auf ihrem Sofa. Die weiße Bettwäsche erinnerte sie an das Totenkissen, auf das sie Hannes gebettet hatten. Tatjana war zwar nicht dabei gewesen, aber Rosalinde hatte ein

Foto davon gemacht, wie Hannes im offenen Sarg lag, auf diesem weißen Spitzenkissen und mit gefalteten Händen. Wie schwach er aussah und wie unschuldig, dachte Tatjana jetzt und kramte das Foto aus ihrem Schrank hervor, wohin sie es aus Angst und Schrecken verbannt hatte, kaum dass sie es angesehen hatte. In BH und Slip, dem hellblauen Set, das sie auch bei jenem Anruf trug, auf ihrem Sofa, so verbrachte Tatjana seit ihrer Rückkehr aus Berlin die Zeit zu Hause. Alle Unterrichtsstunden und Übersetzungen hatte sie für mindestens zwei Wochen abgesagt. Das leichte Rau ihres Sofas, das sie auch an jenem Nachmittag an den Schenkeln gespürt hatte, war so etwas wie ein vertrauter Trost. Genau in der Position zu verharren, in der sie bei dem fatalen Anruf gewesen war, erweckte in Tatjana die Hoffnung, dass dies alles nur ein Film sei, der zurückgespult werden könne zu genau dieser Stelle, um dann anders weiterzugehen. Sie jedenfalls wäre dann bereit, um erneut darin mitzuspielen, bis zu einem Happy End.

Nachts genügte ihre braune Wolldecke, um ein wenig die Beine darum zu schlingen, ihren Kopf legte Tatjana auf das beige bezogene Sofakissen. Der Raum, in dem sie von seinem Tod erfahren hatte und in dem sein Handy auf dem gekachelten Sofatisch lag, wollte Tatjana nicht mehr loslassen. Die Rollläden, mit denen sie auch an dem Montag vor fast zwei Wochen die Hitze ausgesperrt hatte, waren noch immer nur einen kleinen Spalt geöffnet, um etwas Licht hinein zu lassen. Draußen brütete weiter eine ungewöhnliche Sommerhitze, seit Monaten jetzt und offenbar ohne Ende. Ein Sommer, der Unternehmungen herausforderte, in Biergärten und an Badeseen. Unternehmungen mit Lebenden. Tatjana verharrte auf ihrem Sofa oder am Computer, um sich mit liegen gebliebenen Arbeiten zu versuchen.

Nur Vera hatte sie bisher einmal aufgesucht. „Du musst aufhören, dich einzuigeln", hatte sie ihr gesagt. Dann aber wohl eingesehen, dass es einfach zu früh war. „Ich lasse dich noch ein bisschen trauern", sagte sie. „Aber dann hole ich dich hier raus."

Welche war wohl die Cous-Cous-Frau, fragte sich Tatjana, als sie, unter ihrem Rücken die rauen Sofaflusen, durch das Adressverzeichnis des Handys blätterte. Jedenfalls eine Deutsche, mit einem Handy ohne Vorwahlnummer. Eine Frau hatte seit der Nachricht auf der Mailbox nicht mehr angerufen, jedenfalls keine, die nicht offensichtlich eine Sekretärin war. Einmal hatte jemand einfach aufgelegt, auch dieser Anruf war anonym gewesen. Das war sie wahrscheinlich, kombinierte Tatjana, und sie wusste sicher auch von ihr, sonst hätte sie nicht immer anonym angerufen. Unsinn, machte Tatjana sich klar, die Anruferin weiß ja nicht, dass jemand anders Hannes' Handy hat. Sie glaubt, sie rufe ihn an. Vielleicht will sie ihn überraschen, sich nicht aufdrängen. Ein Vibrieren des Handys unterbrach Tatjanas Gedanken.

„Sie haben eine neue Textmitteilung erhalten" leuchtete kurz auf dem Display auf, dann erschien das Briefchen in der linken Ecke.

Eine SMS ! Das war neu. Hannes hatte seit seinem Tod keine SMS erhalten. Tatjana setzte sich auf und legte das Handy auf den Tisch. Sie nahm ihr Martiniglas, ging in die Küche, füllte drei neue Eiswürfel ein und eine Zitrone und goss sich aus der kühlen Flasche im Kühlschrank nach. Mit dem Glas ging sie zurück zum Sofa. Setzte sich und nahm einen Schluck. Dann nahm sie das Handy zur Hand. Sie öffnete die Nachricht. Annika, leuchtete auf.

Tatjana erschrak.

Annika. Hieß nicht die Freundin dieses Rocksängers, wie hieß er noch, Konstantin Wecker, nein, nicht Freundin, Ehefrau, ja, die hieß Annika. Und sie war jung, wesentlich jünger als er. Annika, so hieß eine 30-Jährige. Höchstens. Ein zartgliedriges Mädchen sah Tatjana vor ihrem inneren Auge. Eine schmale rasierte Fotze. Einen kleinen, runden Arsch. Lange, dünne Beine. Eine dieser Hüfthosen über dem Hintern, vielleicht schaute ein Tattoo über dem Steiß heraus. Ein bauchfreies Hemdchen und ein Bauch, so glatt und fest wie die dieser frechen Teenies, die man dieser Tage überall in der U-Bahn sah. Die eine so unverschämt aufblühende Schönheit mit sich herumtrugen, gepaart mit Selbstbewusstsein, mit Flirtgesicht und Leuchten in den Augen. Die so taten, als bemerkten sie die Blicke nicht, die sie neidisch abtasteten, von älteren Frauen. Oder fast schockiert, von Männern, die genau wussten, dass diese Mädchen zu jung für sie waren. Dass es bedauerlich war, dass sie ihre Schönheit erkannten, während die Schlabberhosen-Jungs, die für die aufblühenden Wesen in Frage kamen, mit ihrem Coolsein viel zu beschäftigt waren, um den Wert dieser leckeren Früchtchen zu schätzen.

Annika. Um Gottes Willen.

Tatjana warf einen Blick auf das Sarg-Foto, das sie auf ihrem Couchtisch an die Kerze gelehnt hatte. Der betende Hannes. Die Unschuld auf dem weißen Kissen.

Sie öffnete die SMS.

„Warum lässt du mich so lange leiden?“

Tatjana holte Luft.

Ihre Gedanken begannen, um das Wort „leiden“ zu kreisen. Ihr Leiden mit Hannes fiel ihr ein. Der Druck, der sich immer wieder aufbaute, bis er sich in seinen Ausbrüchen löste, die süße Lust des Kribbelns zwischen ihren Beinen...

Das Handy vibrierte erneut.

„Sie haben eine neue Textmitteilung erhalten.“

Annika.

„Ich sehne mich nach deinen Befehlen.“

Tatjana hielt das Handy noch aufgewühlt in der Hand, als die nächste Vibration kam.

Sie haben eine neue Textmitteilung erhalten.

Annika.

„Mein Arsch tut nicht mehr weh. Ich kann wieder sitzen. Wann kommst du wieder nach Berlin.“

Mein Arsch tut nicht mehr weh. Wie lange tut ein Arsch weh, nachdem Hannes ihn bearbeitet hat? Allerhöchstens eine Woche, wusste Tatjana. Und das nur, wenn er wirklich ausgerastet war. Mit Fäusten in heller Wut zugeschlagen hatte. Oder ihr mit dem Gürtel blutige

Striemen beigebracht hatte. Wann kommst du wieder nach Berlin. Annika war in Berlin. Und Hannes war bei ihr gewesen am Wochenende vor seinem Tod.

„Du Schwein!“ sagte Tatjana zu Hannes‘ Sarg-Bild.

„Am liebsten würde ich dich zerreißen.“ Stattdessen schossen Tränen in ihre Augen, sie presste die Stirn gegen ihre Hand, warf das Handy aufs Sofa und schluchzte.

Wenn Hannes jetzt da gewesen wäre. Oder in seiner Wohnung. Oder an seinem Handy. Sie hätte ihn zur Rede gestellt, ihm ihre Panik ins Gesicht geschrieen, getrieben von ihrer Verletzung, ihrem zu fetten Arsch, ihren Speckrollen über dem Bauch, die trotz ihrer erzwungenen Fastenkur noch immer über den Bund des hellblauen Slips quollen. Wie hatte er ihr das antun können, ihre ganz spezielle Beziehung, ihre einzigartige Leidenschaft, die doch nur durch Tatjana am Glühen erhalten wurde, mit einer Annika...Alles hätte er ihr antun können, alles, war sie sich in diesem Moment sicher. Cous-Cous mit Meeresfrüchten und ein normaler Fick. Sich einen blasen lassen von irgendeiner italienischen Tussi. Ins Puff gehen mit einem dieser dubiosen Typen, die dauernd anriefen und denen sie mittlerweile fünffach seinen Tod erklärt hatte. Aber das!

Du gehst eh langsam aus dem Leim, nimm endlich ab, es muss was Jüngeres her...Hannes' Beschimpfungen, die sie nur für einen Teil ihres perfiden Spiels gehalten hatte, ratterten durch Tatjanas Kopf. Hatte er das nicht oft genau dann gesagt, wenn er aus Berlin zurückgekehrt war? Und Tatjana hatte es mit seiner langen Abstinenz erklärt, seiner großen Sehnsucht nach ihr, die er durch diese Erniedrigungen abzuschwächen versuchte. Du Hure weißt, dass du mich abhängig machst, dass ich das Ficken mit dir brauche. Dass ihm das Angst gemacht habe, hatte sie immer nach seiner Rückkehr aus Berlin geglaubt, dass er sie deshalb fertig machen musste, um sich selbst seine große Liebe zu ihr nicht einzugestehen.

Aber in Wirklichkeit war es der Schock gewesen nach der Rückkehr von Annikas jungem Leib. Der Kontrast zwischen ihrem geilen Arsch und Tatjanas fettem, zwischen ihrem engen Loch und Tatjanas Riesenfotze, zwischen ihren festen Titten und Tatjanas Geschlabbere über dem Fettbauch. „Du Dreckfotze mit Hängetitten" hörte sie Hannes hinter sich keuchen, kurz bevor er sie voll spritzte.

„Oh, Gott“, seufzte Tatjana. Nicht einmal mehr der Martini, den sie jetzt in einem Zug austrank, konnte die kurze Euphorie auslösen, mit der sie sich seit knapp zwei Wochen über Wasser hielt. Die Spinne begann, sie von innen aufzufressen, mit ihren spitzen, an dem schwarzen haarigen Kopf befestigten Lippen kleine Stücke ihrer Gebärmutter abzubeißen. Aus den entstehenden Wunden lief stinkender Eiter in Tatjanas Leib, der sich durch ihre Möse nach außen vorarbeiten würde. Sie würde aus ihren Lippen stinken wie ein verfaulender Käse, die Haarstoppeln, die sie seit Hannes‘ Tod auf ihren Schamlippen sprießen ließ, weil sie beim Rasieren immer ans Ficken mit ihm denken müsste, würden wuchern und die Hässlichkeit des schimmelnden Organs unterstreichen.

Annika.

Verdammte Annika.

„Wenn du nicht schon tot wärest“, sagte Tatjana zum Sargbild, „würde ich dich umbringen!“

Dann nahm sie das Handy, drückte auf „Antworten“ und schrieb:

„Du wirst mich in Berlin wieder finden. Aber zuvor musst du mir deinen absoluten Gehorsam beweisen.“

Annika antwortete noch am Nachmittag.

„Du weißt, ich tue alles, was du willst.“

„Beschreib mir, was du heute an hast und wie deine Fotze aussieht“, verlangte Tatjana.

„Ich trage heute die schwarze Lederwäsche von dir, das Höschen mit dem offenen Schritt. Meine Fotze ist sicher rosa und feucht.“

„Geh vor einen Spiegel und beschreibe mir, was du siehst.“

„Ein trauriges Mädchen, das sich nach dir sehnt.“

„Was hast du an?“

„Eine schwarze Hose und ein Spaghetti-Träger-Top.“

„Bauchfrei?“

„Ja. Mein Piercing glänzt.“

„Zieh dich langsam aus. Streichel dich dabei.“

„Ja.“

„Lass das Höschen an, steck den Finger rein.“

„Ja.“

„Mach es dir selbst und schau dir dabei zu.“

„Ja.“

„Wie war's?“

„Ich habe an dich gedacht.“

„An was genau?“

„Wie du mich schlägst, auf der Sofalehne.“

„Du wirst mich bald finden, in Berlin.“

„Ich hoffe es, Sehnsucht!“

Piercing im Bauchnabel. Tatjana wusste es. Wäsche von Hannes. Ihr hatte er nie in acht Jahren ein einziges Mal Wäsche geschenkt. Mit offenem Schritt. War diese kleine Schlampe etwa noch schlimmer als sie? Diese kleine Berliner Fotze trieb sich wahrscheinlich im Sado-Maso Underground herum, machte Hannes mit Schilderungen aus diesem Ambiente heiß. Oder war er etwa auch...? Hatten sie sich in finsteren Katakomben herumgetrieben und nächtelang...Wieso eigentlich hatte Rosalinde ihr nie etwas davon gesagt, dass Hannes nicht bei ihr schlief? Sie sei verdammt, dachte Tatjana, ich wusste immer, dass sie gegen mich ist.

„Hannes hatte eine Geliebte.“ Zum ersten Mal seit seinem Tod hatte Tatjana ein anderes als Hannes‘ Telefon benutzt und Vera angerufen.

„Oh, Scheiße“, sagte Vera.

„In Berlin.“

„Verdammt, woher weißt du das?“

„Ich habe sein Handy.“

„Du hast was?? Sein Handy? Und sie hat angerufen?“

„Sie schreibt SMS.“

„Meine Güte.“

„Ich habe ihr geantwortet."

„Dass er tot ist?"

„Nein."

„Sondern?"

„Ich habe als Hannes geantwortet."

Eine Schweigeminute entstand.

„Oh weh", sagte Vera dann.

„Fliegst du in den nächsten Tagen mit mir nach Berlin?" fragte Tatjana.

„Ja, klar", sagte Vera sofort.

„Den Flug zahle ich dir", sagte Tatjana.

Annika war lästig. Sie meldete sich schon am nächsten Tag wieder. Offenbar hatte Hannes sie viel kürzer gehalten mit SMS als Tatjana es gestern getan hatte. Da er in München so oft mit ihr zusammen gewesen war, hatte er der Schlampe auch nicht so oft schreiben können.

„Mach es dir selbst und schau keine anderen Männer an", verlangte Tatjana.

„In wenigen Tagen wirst du mich finden."

Sie ließ das Mädchen ihre Fantasien schildern, während es sich auf ihren Befehl selbst befriedigte. Sie fragte „Willst du beschimpft werden?"

Annika antwortete: „Nein."

Diese Erkenntnis war ein weiterer Schock.

Bei Annika und Hannes spielten Beschimpfungen keine Rolle in ihrem Spiel. Ein weiteres Indiz dafür, dass seine Beschimpfungen ihr gegenüber ernst gemeint gewesen waren.

„Ich hoffe, du verschimmelst in deinem Grab“, sagte Tatjana zum Sarg-Foto.

„Deine betenden Hände zuerst.“

Für Samstag früh buchten Vera und Tatjana einen Flug nach Berlin.

„Halte dir den Samstag Nachmittag frei“, hatte Tatjana an Annika geschrieben.

„Du wirst von mir Anweisungen bekommen, wo du hinkommen sollst.“

„Was hast du eigentlich vor?“ fragte Vera auf dem Flug.

„Wir besuchen sein Grab“, sagte Tatjana.

Am Friedhofseingang kauften sie ein Blumengesteck. Tiefrote Rosen, sündhaft teuer. „Mein Abschiedsgeschenk für Hannes“, sagte Tatjana.

„Was für eine Formulierung“, fand Vera.

„Mach es dir heute morgen noch mal selbst“, hatte Tatjana noch in München an Annika geschrieben.

„Trinken wir noch einen Kaffee, bevor wir ans Grab gehen“, schlug Tatjana vor dem Friedhof vor. Zwischen alten Tanten ließen sich Vera und Tatjana nieder und bestellten zwei Kaffee. Auf dem Klo schickte Tatjana die offenbarende SMS an Annika. „Komm zum Friedhof ... Weiteres erfährst du, wenn du da bist.“

Nach dem Kaffeegenuss schlenderten sie langsam zu Hannes‘ Grab. Tatjana merkte sich den Weg genau. 13 Reihen geradeaus, dann rechts, am sechsten Grab. Das mit dem provisorischen Holzkreuz.

Der Blumenhaufen war bereits etwas eingesackt, die Schleifen mit guten Wünschen „Ich liebe dich für immer, Tatjana“ lagen vergilbt auf toten Blüten. Das rustikale Holzkreuz würde Rosalinde demnächst durch einen repräsentativen Grabstein ersetzen lassen.

„Stell keine Fragen, gehorche“ schrieb Tatjana an Annika, die „auf einen Friedhof???“ gemailt hatte.

„Und zieh dich sexy an.“

„Wem schreibst du?“ fragte Vera, die den Abschiedsstrauß für Hannes hielt.

„Das wirst du bald sehen“, sagte Tatjana, nahm ihr die blutroten Rosen aus der Hand und sagte: „Leb wohl, Hannes. Auf Nimmerwiedersehen.“, worüber Vera den Kopf schüttelte. Feierlich legte sie das Gesteck auf den Erdhügel, bedeckte damit ihre Liebeserklärung auf der Schleife.

Langsam müsste Annika sich nähern.

„Ich bin am Eingang“, las Tatjana auf Hannes‘ Handy.

„Gehe 13 Reihen geradeaus...“

„Komm“, sagte Tatjana zu Vera, nahm sie an die Hand und führte sie zu einer Bank, die am Ende des breiten Friedhofsweges stand. Annika müsste genau auf sie zukommen und dann kurz vor der Bank in die 13. Reihe abbiegen.

„Das ist sie!“ wisperte sie Vera zu, als sich eine schlanke Gestalt näherte.

Annika hatte höchstens Kleidergröße 36. Sie trug eine hellblaue, an den Hüften oberknappe Hose und ein hellblaues Oberteil mit Spaghettiträgern sowie offenbar sehr hohe Schuhe. Ihre Haare waren blond und hingen bis über die Schultern.

„Oh, Gott, hast du dich mit ihr verabredet?“ fragte Vera.

„Nein. Sei still.“

Sie beobachteten, wie Annika näher kam.

„Wie alt schätzt du sie?“ fragte Tatjana, als sie etwa vier Meter von ihnen entfernt war. Offensichtlich zählte sie die Reihen der Gräber, denn sie wirkte konzentriert.

„Höchstens 27. Hannes ist ein Schwein“, sagte Vera.

Annika bog ab. Sie warteten eine Weile, dann forderte Tatjana Vera auf.

„Komm, langsam.“

Sie folgten Annika in großem Abstand. Die hellblaue Erscheinung zählte offenbar die Gräber. Vor dem sechsten blieb sie stehen. Sie könnte nun den Namen entziffern und das Geburts- und Sterbedatum. Johannes Grossmann, 29. November 1944 und 10. Juli 2003.

„Gehen wir“, sagte Tatjana und zog Vera mit sich.

Auf dem Rückweg blieb sie kurz stehen, tippte in Hannes‘ Handy:

„Du hast mich gefunden.“

Am Ausgang des Friedhofes warf sie das Handy in hohem Bogen in den Abfallcontainer für Blumen und anderen Biomüll.

Drei Menschen, gefangen in einem Käfig. Jean-Claude, Hanna und Paul. Ihren Käfig haben sie selbst gebaut. Gitterstab für Gitterstab. Täglich schneiden sie sich neue Fluchtmöglichkeiten ab.

Begonnen hat alles an einem sonnigen Herbsttag in Paris, im September vor sieben Jahren. Jean-Claude hat Hannas Gepäck in ihr Hotelzimmer in St. Germain getragen. Beim Weg die Treppe hinauf sind seine Finger vor Schweiß an den Koffergriffen festgeklebt. Hannas helles Lachen hat ihn die Stufen hinaufgeführt. Hinter ihrem Rücken sind seine Augen gewandert. An den schlanken Beinen hinauf bis zu den sanften Dellen, die sich unter der Ausbuchtung ihres Hinterteils bilden, Stufe für Stufe. Hinauf zu den kitzelnden Wollfäden ihres rosa Kaschmir Twinsets, hoch über die wippenden schwarzen Schnittlauchhaare bis zu ihren Lippen, als sie sich umdreht und ruft: „Armer Jean! Das ist wirklich lieb von dir!“

Wenn Hanna ihre hübschen Zähne zeigt, umrandet von weichen Wölbungen, lädt eine vollere Unterlippe zum Nagen ein. Seinen Zeigefinger möchte Jean-Claude in die kleine Delle über ihrem Mund legen, keck die zierliche Nase stupsen, Hanna danken, dass sie mit Rehaugen ihm entgegensieht. Dass sie ihr Hübschsein mit Fröhlichkeit unterstreicht, in die er eintauchen kann und unter ihren Worten duschen.

Wer Hanna sieht, denkt nicht an Körperlichkeit. Hanna steht auf einer Blumenwiese im Zwitschern von Vögeln, umgeben von Gänseblümchen. Unfleischlich. Man möchte um sie kreisen und sie anbeten.

Jean-Claude tat es an jenem Septembertag bereits seit sechs Monaten. Seit dem Morgen, an welchem er Hanna als neuer Kollege vorgestellt worden und sie von ihrem Schreibtisch aufgesprungen war, Jean-Claude ihre Hand am ausgestreckten Arm hingehalten und den Kopf schief gelegt hatte.

„Das ist Frau Birk", hatte die Sekretärin zu Jean-Claude gesagt und einen forschenden Blick auf seine Reaktionen geworfen. Evchen, Mitte 40, eine Kennerin der Männerwelt, hatte ihren Body in hautengen Look und sofort bei Jean-Claudes Eintreten ein Auge auf ihn geworfen. An jenem Vorstellungstage konnte sie zufrieden sein. Weder war Jean-Claudes schwarz bewimpertem Blick, noch seinem gnädig gespreizten Lächeln, noch Hannas allgegenwärtiger Herzlichkeit etwas Pikantes anzumerken. Und so begann ein Kollegenverhältnis der unspektakulären Art.

Wie hübsch dieser Mann mit dem südfranzösischen Namen, der das dazu passende Aussehen von seinem Papa geerbt hatte, war, war jedoch auch unter Hannas Augenaufschlag gedrungen. Sie spürte, wie Jean-Claude sich im Nebenzimmer auf seinen Stuhl setzte, genau gegenüber von Evi, und diese als Adonis mit makellosem Lächeln aus dem Gleichgewicht brachte. Eine neue Beschäftigung drang an jenem Morgen in Hannas Büroleben ein, das Lauschen auf die Stimme im Nebenraum, sein „PR-Agentur Stein", wenn er den Hörer abnahm, sein Singsang, wenn er mit Evi sprach. Immer stärker hatte Hanna ein Interesse an einer offenen Bürotür. Ein magisches Viereck wurde diese schon bald. Wann immer Hanna hindurchtrat, fühlte sie sich elektrifiziert.

Für Jean-Claude war Hanna ein Bild in einem Rahmen. Das Ausstellungsstück einer Galerie, in welcher er nur zu Gast war. Hanna plätscherte des Morgens in den Raum. Sie nahm oft die Tür, die durch Evis und Jean-Claudes Zimmer führte. „Hallo, ihr beiden! Guten Morgen!" Sie klang beschwingt und lächelte. Hanna war eine aufmerksame Zuhörerin. Hatte man am Tag zuvor die Feierabendpläne von Evi erörtert, so erkundigte sich Hanna danach. „Na, Evi, wie war das Rendezvous mit dem Versicherungsvertreter?“ „Ohhh“, sagte Evi und strich sich die halblangen, blonden Locken nach hinten. „Nicht übel. Wir waren in einem schicken Lokal und er hat mich sogar eingeladen.“ „Na, da hat er aber Glück gehabt!“ lachte Hanna. Denn schon oft hatte Evi verkündet, ein Mann, der beim ersten gemeinsamen Essen nicht bezahle, sei für sie sofort gestorben. „Das kann man sagen“, erwiderte Evi und die lange Silberkette hüpfte auf ihrem Busen, eingeengt von einem Schlangenmuster-Top. „Allerdings habe ich ihn noch nicht bis zum Letzten erhört!“

Evi liebte es, pikante Andeutungen über ihr Liebesleben einzustreuen.

Das waren Momente, in denen Hanna und Jean-Claude sich kurze, vielsagende Blicke zuwarfen. Sobald sich die Gelegenheit unter vier Augen ergab, war Evi dankbarer Gesprächsstoff.

„Wie viele Männer hat sie eigentlich?“ fragte Hanna beim Mittagessen im Bistro und beobachtete Jean-Claudes filigrane Finger mit den sorgsam manikürten Nägeln, wie sie mit Messer und Gabel hantierten.

„Mindestens drei", sagte Jean-Claude. Er sprach in weichem Tonfall, als erteile er ihr den Segen. „Den Versicherungsvertreter, den Koch und ihren Mann."

„Ahnt ihr Mann nichts?" fragte Hanna.

„Ich glaube, daraus macht sie sich wenig", urteilte Jean-Claude.

Hanna sah, dass aus den Ärmeln seines hellgrünen Pullovers schwarze Härchen schauten. Er wird im Sommer sicher sehr braun, dachte sie. Jean-Claude spürte Hannas Blicke. Auf seinen Lippen, in seinen Pupillen. Doch ihre Worte arbeiteten gegen ihre Augen an. Sie redete und redete und manchmal dachte Jean-Claude, sie behandelt mich wie eine Frau. Wie eine beste Freundin, der sie ihre alltäglichen Wahrnehmungen erzählt, mit der sie Klatsch und Tratsch austauscht.

Natürlich redeten sie auch über Kunden. Wie unverschämt dieser und jener gewesen war. Wie der dreiste Herr Magenbrot sich bei ihrem Chef, Dr. Weiß, beschwert hatte, weil sie die Fotos nicht schnell genug geliefert hatten. Wie die Druckerei herumtrödelte und die Fertigstellung der Firmenzeitung des Großunternehmens verzögerte. Wie dieser und jener Hanna Avancen gemacht hatte.

Es war Jean-Claude, der dies zum ersten Mal erwähnte. Ein Mann sieht einem Mann sofort an, wenn hinter einem verbindlichen Lächeln andere Absichten schlummern. Karl Probst stand in der Tür, gewandet in einen hochmodernen Anzug und mit der abstoßendsten Yuppie-Attitüde sowie einer Spur zuviel Gel im Haar, und stach seine Blicke unverblümt auf Hanna. Sie standen in Evis und Jean-Claudes Zimmer, Herr Probst war eigentlich gerade dabei, zu gehen. Evi tat so, als sei sie in ein Schreiben auf dem Bildschirm vertieft, und Jean-Claude drehte der Höflichkeit halber sein Gesicht in Richtung des Konkurrenten. Dass er das war, hatte Jean-Claude schon vor Tagen bemerkt, als er Hanna mit ihm hatte telefonieren hören.

„Hmm, jaaaa, Herr Probst....“. Hannas Stimme hatte auf bewegter See geschaukelt, war höher geworden und in einem Salto Überschlag kulminiert, dann abrupt eben geworden, in warmen Samt gebettet, als schnurre eine Katze ihren Herren an. Und jetzt stand Karl Probst mit seinem Aktenköfferchen in der Ausgangstür und sein Blick sank immer tiefer auf der hinter Jean-Claude stehenden Hanna. Er musste mindestens beim Busen sein, wenn nicht schon weiter. Und seine Stimme schleimte um eine Möglichkeit herum, das berühmte Kaffeetrinken zur Sprache zu bringen.

„Sicher wird ja noch einmal eine Nachbesprechung nötig sein."

„Ach ja, meinen Sie, Herr Probst?" flötete Hanna.

Evi hackte fester in die Tastatur.

Herr Probst warf taxierende Blicke auf die Sekretärin und überzeugte sich von der Offenheit des Kollegenblicks. „Wenn ich Sie dazu zu einem Essen einladen dürfte..."

Jean-Claudes Mundwinkel gefroren, doch Herr Probst war zu sehr mit Hannas Reaktionen beschäftigt. Die tauchte ihr liebes Gesicht in ihr herzlichstes Lachen und jauchzte fast: „Das machen wir doch sehr gerne, Herr Probst, rufen Sie einfach noch mal an." Im Taumel des Erfolgs zog Herr Probst sich zurück.

„Aber hallo!" prustete Evi, als alle die Lifttür gehört hatten.

„Der Wink mit dem Zaunpfahl!"

„Ach was!" sagte Hanna und verschwand in ihrem Büro.

„Wenn das dein Mann wüsste!" rief Evi noch spitzbübisch hinterher und zwinkerte Jean-Claude zu.

Paul Schneekluth.

Drei Monate war Jean-Claude in der Agentur, als Hanna die frohe Botschaft verkündete. Sie werde heiraten. Ihre Jugendliebe. Zwölf Jahre kannten sie sich schon. Beide waren in derselben Schulklasse gewesen. Paul hatte sich im zehnten Schuljahr bei der Klassenfahrt getraut, Hanna anzusprechen. Sie war eigentlich in Thomas verliebt gewesen. Doch der hatte eine Blondine geliebt. Eine ganz dumme Kuh, sagte Hanna.

Hanna und Paul wurden ein Paar.

Hanna und Paul blieben ein Paar. So wie alle in der Clique.

Sie machten gemeinsam Abitur. Sie führten ihren Stammtisch auch zu Studienzeiten fort. Hanna und Paul wechselten gemeinsam den Studienort für zwei Semester. Drei Semester lang trennten sie sich mutig. Paul in Berlin. Hanna in Hamburg. Sie machten ähnliche Erfahrungen und schafften sich Gemeinsamkeiten. Paul – blondes, immer kurz frisiertes Haar, glatte Gesichtshaut, einen freundlichen Mund und ein dynamisches Wesen – wurde Arzt. Hanna widmete sich der Kommunikationswissenschaft. Hanna lernte Kurt kennen.

Kurt war Auszubildender in der Agentur, in welcher Hanna ihr erstes Praktikum machte.

Kurt hatte ein männliches Auftreten. Noch bestimmter als Paul. Paul Newman-mäßig. Jean Paul Belmondo-ähnlich. In Hanna klang eine neue Saite an. Mal wieder erobert werden. Abitur mit Paul. Examen mit Paul. Es war Zeit für Neues.

Kurt bemächtigte sich Hannas. Ließ sich einen Schlüssel für ihr kleines Appartement geben, in das Hanna alleine gezogen war. An einigen Orten hatte sie mit Paul zusammengelebt. Doch jetzt machte sich ein Unabhängigkeitsdrang breit.

Kurt fühlte sich als Sieger. Er spuckte auf Paul. Die schöne Hanna war sein. Paul musste toben.

Doch Paul tobte nicht. Paul benahm sich, als sei Hanna seine Schwester, die einen – zwar unangenehmen, aber unvermeidbaren – Liebhaber hat. Paul ging mit Hanna in die Stadt. Er sprach kein Wort über Kurt. Paul ging mit Hanna ins Kino. Er sprach kein Wort über Kurt. Paul besuchte nach wie vor Hannas Familie. In dem Haus gehörte er seit vielen Jahren zur Familie. Er sprach kein Wort über Kurt. Paul holte Hanna und Kurt vom Flughafen ab, als diese aus ihrem ersten Liebesurlaub zurückkehrten.

Bald tobte Kurt.

Er ertrug nicht den Schatten von Paul, der ihn bei jeder Bewegung verfolgte. Er begann, Hanna zu schlagen. Hanna verließ Kurt und kehrte zu Paul zurück.

Ein halbes Jahr später machte Paul Hanna einen Heiratsantrag.

Für Hannas Familie war es der wahre Weg. Eine große Hochzeit auf einem kleinen Schlösschen wurde ausgerichtet. Auch Jean-Claude war eingeladen.

Paul war sehr nett zu ihm. Die Freunde nahmen ihn in ihren Kreis auf. Evi war nicht eingeladen. Auch Dr. Weiß nicht.

An Hannas Hand prangte nun ein Ehering. Sie trug ihn unauffällig, fast verdeckt von einem Beisteckring mit einem Diamanten. Am Telefon meldete sie sich sofort fehlerlos mit „Schneekluth".

Das Wort hing in riesigen weißen Lettern in Jean-Claudes Büro, nachdem er es zum ersten Mal aus dem Nebenzimmer gehört hatte. Schneekluth. Die Buchstaben fläzten sich an den Wänden rings um die beiden Schreibtische, wuchsen und bogen sich, sprangen herab und kreisten Jean-Claude und Evi ein. Evi sprach penetrant viel von dem neuen Umstand, dass Hanna nun Ehefrau war.

„Sag, wie fühlt es sich an, dass du jetzt einem Mann mit Haut und Haaren gehörst?“ fragte sie, wenn Hanna Papiere auf ihrem Schreibtisch ablegte.

„Mit Haut und Haaren?“ lachte Hanna. „Also eigentlich habe ich immer noch das Gefühl, dass Haut und Haare mir gehören!“

„Oh, das sagt sich so leicht!“ sagte Evi und ließ ihre Erfahrung durchklingen. „Aber etwas ist schon ganz anders, wenn man verheiratet ist.“

„Und was, liebe Evi?“ fragte Hanna und blinzelte Jean-Claude an.

„Na ja, wenn du jetzt untreu bist, ist es Ehebruch!“

Hanna lachte auf. „Da kennst du dich ja aus!“ sagte sie. „Und allzu schlecht scheint es dir auch nicht zu bekommen...“

„Hanna!“ rief Evi tadelnd. „Das ist ja wohl etwas ganz anderes. Ich habe 15 Jahre hinter mir. Du dagegen bist frisch verheiratet!“

„Ja“, seufzte Hanna und verdrehte demonstrativ die Augen. „Frisch verheiratet. Und deshalb hat Herr Probst auch bei mir keine Chance!“

Alle drei lachten.

„Oh, Jean, du siehst ja heute wieder gut aus!“

Meist saß Jean-Claude schon an seinem Platz, wenn Evi die Tür aufwarf, ihre Hüften in dem knappen Mini schwang und ihr Dekolletee demonstrativ vor Jean-Claudes Augen platzierte.

„Danke, Evi“, sagte Jean-Claude und bleckte seine makellosen Zähne. Die Augen unter den buschigen schwarzen Brauen funkelten.

„Also Gelb steht dir wirklich super!“ seufzte Evi und ließ ihren Blick auf Jean-Claudes gelockten Brusthaaren haften, die zwischen den geöffneten Knöpfen des blassgelben Sommerhemdes hervorschauten.

„Das hat Sandra heute morgen auch gesagt!“ behauptete Jean-Claude sicherheitshalber.

„Ach ja, Sandra“, sagte Evi. „Wie läuft's denn so?“

„Na ja“. Eigentlich hätte er lügen sollen, um kein Öl in Evis Feuer zu gießen. Doch schon war die lapidar klingende Aussage heraus.

„Wie, na ja?“ Evi spitzte die Ohren.

„Sie beschwert sich, weil ich so oft zum Billardspielen gehe.“

„Billardspielen nennt man das nun!“ frotzelte Evi. „Mit welcher Dame spielst du denn Billard?“

„Mit meinen Freunden. Aber Sandra wünscht sich, dass ich stattdessen mit ihr einen schönen Abend verbringe.“ „Wie langweilig!“ rief Evi aus. „Wenn du willst, können wir auch mal Billard spielen gehen.“

Für ihr Alter hatte Evi durchaus eine gute Figur, dachte Jean-Claude, und er hatte es auch schon ernsthaft in Erwägung gezogen, die sechs Jahre Ältere zu erhören. Avancen machte sie ihm genug. Was ihn davon abhielt, war der Gedanke, am nächsten Morgen ihr Gesicht am Schreibtisch gegenüber zu sehen – ganz egal, wie die Nacht verlaufen waren. Und dann war da noch die Vorstellung, Hanna könnte davon erfahren. Doch wieso eigentlich nicht? Hanna, die frisch verheiratete Frau, deren Freundlichkeiten er all die Monate missverstanden hatte. Trotzdem sagte Jean-Claudes innere Stimme, wenn du Evi nimmst, wirst du Hanna nie mehr anfassen. Na und, fragte die Stimme zurück, ist das etwa anders als das, was so passiert? Dennoch verzichtete er.

Neben Sandra war da schließlich auch noch die kleine Annette aus dem Billardsalon, die ihn anhimmelte und jederzeit bereit wäre, das Stadium des Knutschens zugunsten eines weiter fortgeschrittenen hinter sich zu lassen.

Allerdings lebte sie bei ihrer Mutter, und Jean-Claude bei Sandra. Mangel an Gelegenheit ließ es beim Küssen im Hinterzimmer bleiben.

Jean-Claude konnte nicht leugnen, dass auch Hanna sich für seine Frauengeschichten interessierte. „Warum bist du noch mit Sandra zusammen, wenn du sie gar nicht magst?“ fragte sie, nachdem Jean-Claude beim Feierabend-Umtrunk im Büro fallenlassen hatte, Sandra langweile ihn.

Jean-Claude zuckte die Schultern. „Wir sind seit acht Monaten zusammen.“

„Aber Jean!“ rief Hanna aus. „Das ist doch kein Grund! Wie kannst du ihr vorheucheln, sie noch zu mögen, wenn es in Wirklichkeit nur deine Bequemlichkeit ist!“

Jean-Claude grinste unbeholfen. „Was soll ich denn machen?“

Ein anderes Mal hatte Hanna Annette am Telefon.

„Herr Raybaud ist in einer Besprechung“, gab Hanna Auskunft.

Kaum saß Jean-Claude wieder an seinem Platz, trat sie in den Türrahmen und sagte: „Eine gewisse Annette hat für dich angerufen.“

„Oha!“ rief Evi aus. „Wer ist denn das schon wieder?“

Das Büroleben nahm seinen Lauf.

Morgens schwappte Hannas Lachen über ihn. Abends zerschnitt ihr „Ciao, bis morgen“ die Luft. Sie standen nebeneinander am Schreibtisch und beugten sich über Unterlagen. Ihre Hände berührten sich fast. Einmal die Woche holte Paul Hanna im Büro ab.

„Grüß dich, Jean-Claude!“ sagte er mit seiner tiefen, verbindlichen Stimme. „Guten Abend, Frau Stolz“, zu Evi gewandt. Paul war groß, über 1,80 Meter. Seinen Kopf hielt er geneigt, wie den Blütenkelch einer Osterglocke. Von unten herauf lächelte er sein Gegenüber an. Seine Zähne stachen seine Augen in der Wirkung aus. Er fischte sich seine Mitmenschen durch interessierte Fragen.

„Wie läuft es mit dem Auftrag von Beck & Partner?“ sprach er Jean-Claude an.

Jean-Claude verschluckte den Knoten in seiner Stimme.

„Schwierig“, antwortete er. „Sie sind mit unserem Konzept nicht zufrieden.“

Paul ließ eine lange Reihe von Worten aus sich herausschnurren, wie Zahnräder mahlten sie in Jean-Claudes Kopf. Man muss ... man kann ... man soll ... Hanna stand aufmerksam zuhörend daneben und ihre beiden kleinen Busenspitzen schauten durch den weißen Pullover.

„Wow, wir haben einen super Auftrag!“

Hanna stürzte durch den Türrahmen in Jean-Claudes Büro. Sie kam geradewegs von Dr. Weiß. „Hier“, sie legte ein Fax auf den Tisch. „24-seitiges Farb-Prospekt für die Modefirma Fashion Style!“

Jean-Claude schaute gelangweilt, versuchte aber zuzuhören.

„Und stell dir vor“, fuhr Hanna begeistert fort. „Als erstes sollen wir nach Paris zur Modemesse und den dortigen Auftritt von Fashion Style dokumentieren!“

„Wir?“ fragte Jean-Claude. „Wer ist wir?“

Evi schaute von ihrem Computer auf.

„Du und ich. Nächste Woche!“

Über Evis Gesicht huschte ein Schatten. Schnell versuchte sie, wieder konzentriert auf den Bildschirm zu schauen.

„Wahnsinn“, sagte Jean-Claude. Es klang verdammt lasch.

„Hey, das ist ja super!“ sagte Paul, als Hanna ihm von der Dienstreise erzählte. „Und du fährst mit Jean-Claude? Sehr schön. Er kennt

Paris sicher gut und kann für dich dolmetschen. Soll ich euch zum Flughafen bringen?“

Paris in einem sonnigen September. Die Verheißungen des fremden Zungenschlags in der Luft. Hanna bewundert Jean-Claude, der hier in seiner Muttersprache spricht. Jean-Claude holt den Kofferwagen, ruft ein Taxi. Ankunft an der Rezeption. Erstmal das Gepäck abgeben. Der Portier stellt es in ein kleines Kämmerchen. Hanna und Jean-Claude treten hinaus auf die frühnachmittägliche Straße, lassen sich in die Korbstühle eines Straßencafes sinken. Werden verzaubert von einem Cafe au lait.

Es ist heiß, und Hanna sieht wunderbar aus. Ihre halblange Frisur und das schräge Wegblicken, wenn sie wichtige Dinge erzählt. Ihre Finger, die sich dann spreizen und auf dem Tisch turnen. Die dunkelblaue, dezente Hose und das rosa Kaschmir Twinset, dessen Jacke Hanna über ihre Schultern gelegt hat. Ihre feine Bewegung, wenn sie das silberne Döschen mit dem Süßstoff aus ihrer Handtasche holt, die schmalen Fingernägel, wenn sie es leicht drückt und zwei Saccharinpillen in den braunen Kaffee fallen lässt.

Auch Jean-Claude ist schön. Ein kurzärmeliges beiges Leinenhemd zeigt seine braunen Muskeln und die schräg liegenden Haare auf den Unterarmen. Er ist frisch rasiert. Sein Gesicht lädt zum Streicheln ein. Die südfranzösischen Augen sind tief schwarz. Sein Lächeln blendet mehr als die Sonne.

Passanten werfen Blicke auf das schöne Paar. Ihre Gedanken spinnen die beiden ein. Sie haben sich gesucht und gefunden, natürlich, es musste so kommen. Das Licht funkelt auf Jean-Claudes schwarzem Haar. Sie werden einmal sehr schöne Kinder haben. Sie sind sicher sehr glücklich. Sie passen gut zusammen.

Hanna und Jean-Claude gehen zurück ins Hotel. Sie gehen nebeneinander, ohne sich zu berühren. „Ich nehme deinen Koffer", sagt Jean-Claude an der Rezeption. Hanna geht voraus, in den zweiten Stock.

„Oh, wir haben zwei Zimmer direkt nebeneinander!" sagt Hanna, als sie oben angekommen sind. „Vielleicht haben sie sogar eine Zwischentür."

„Ich bringe deine Koffer hinein", sagt Jean-Claude. Hanna öffnet ihre Tür.

Eine fremde Heimat empfängt sie. Blasser werdendes Licht, das durch die hohen Fenster fällt. Eine straffgezogene rote Tagesdecke auf dem Doppelbett. Ein einsam stehender Stuhl. Ein altmodisches Telefon.

Jean-Claude stellt die beiden Koffer ab. „Ich muss erst einmal aufatmen!“

Hanna schließt die Zimmertür. Sie geht zu Jean-Claude, der vor dem Bett steht. Seine Erschöpfung rührt sie. Er hat für sie gelitten. Seine Lippen zittern. Hanna umarmt ihn.

„Ach, Jean!“

„Ach, Hanna!“

Deutschland ist weit, das Büro und Paul. Kein Dr. Weiß und keine neugierige Evi. Ein rotes Bett und fremde Luft. Dass er so küsst, hätte ich nicht gedacht, denkt Hanna, als Jean-Claudes Zunge zwischen ihre Lippen dringt.

Das große Geheimnis nahmen sie mit ins Büro. Evis durchdringende Blicke verfolgten sie. Jean-Claude und Hanna zusammen in Paris – in ihren Augen konnte das nur eines bedeuten. Und doch hielt sie es für unmöglich. Aber konnte nicht auch das Unmögliche...? Wann immer sie ihre scheinbar harmlosen Fragen stellte – Wie war‘s in Paris? Was habt ihr alles gemacht? Wie war das Hotel? – bekam sie viel über die Firma Fashion Style und deren Konzepte, die Zahl der auf der Messe geschossenen

Fotos und der geführten Interviews zu hören. Aber nie etwas, das ihre Neugier befriedigte. Schließlich startete sie zum letzten Angriff:

„Wieso hast du eigentlich deinen Mann nicht mitgenommen, Hanna?“

Die Mischung zwischen Panik und Herzklopfen, die Rührung bei Jean-Claudes Anblick, die Konzentration und Gratwanderung beim Jonglieren von Wörtern und Sätzen für Evi und Dr. Weiß, die verschlüsselte Sprache, um sich zu verabreden, die E-Mails von Schreibtisch zu Schreibtisch, die Treffen nach Feierabend um die Ecke, die Angst, wenn Jean-Claude ihre Hand beim Mittagessen im Bistro berührte, das angriffslustige Lachen, mit dem sie einfach Evis Fragen wegwischte – welch ein Leben hatte sich Hannas bemächtigt! Mit welchem Kribbeln in den Adern fuhr sie ins Büro, welche Magie entfaltete ihr Kollege. Er verwandelte die Luft in eine Wolke, die sie trug. Er saugte Bedürfnisse wie Essen und Schlafen aus ihr heraus. Jeder Verzicht auf eine Mahlzeit war eine Zelebration, das Hungergefühl im Magen vermischte sich mit dem Pulsieren im Unterleib, der tägliche Auftritt im Büro war ein Kick.

„Ach, Jean!“

„Ach, Hanna!“ Wie sie auf kühlen Ledersitzen in leeren Spelunken aneinander klebten, sich zärtlich an den Lippen saugten, Auge in Auge ihre Liebe beschworen. Jean-Claudes Männerleib, der Freiheit und Abenteuer bedeutete. Der sich nach den Schäferstündchen fortbewegte, in seine Wohnung in der Innenstadt, aus der Sandra inzwischen ausgezogen war, oder in den Billardsalon. Während Hanna nach Hause fuhr, zu ihrem Mann.

Jean-Claude war betrunken von seinem Glück. Die Tage in Paris lagen auf seiner Haut. Eine Zuckerschicht. Wann immer er Hunger verspürte, konnte er daran lecken. Wenn Evi ihn anbohrte, legte er nur sein Halbmondlächeln auf, das die Neugierige einfach verschaukelte. Vor Evis Augen liebten sich Jean-Claude und Hanna mit ihren Stimmen. Sie ließen sie Zöpfe flechten und Girlanden winden, während sie ausführlich über geschäftliche Dinge sprachen.

Jean-Claudes größter Tag war allwöchentlich, wenn Hanna von ihrem Ehemann abgeholt wurde. Sobald Paul das Büro betrat, schabten Jean-Claudes Blicke an seinen Konturen entlang und schnitten ihn aus. Paul in seinem dunkelbraunen Anzug, sein goldener Ehering ein breiteres Modell als der Hannas. „Hallo“, sagte Jean-Claude, lächelte den Besucher an und quoll auf. Als Flaschengeist könnte er durch den engen Hals ins Freie dringen, alles Menschliche als Riese überragen. Den Korken zu öffnen lag in seiner Hand. Ein Hauch von ihm konnte Paul vernichten. Doch wer war Paul? Ein Irrtum der Natur, ein bleiches Abziehbild. Wenn Paul hinüberging ins andere Büro und Jean-Claude Hannas Stimme hörte, wie sie ihren Mann begrüßte, bemerkte er genau die Veränderung ihrer Tonlage. Den inneren Widerstand, das Heucheln, die lodernde Leidenschaft für ihn, den Mann im Nebenzimmer.

Sie saßen auf einer Bombe.

Fast tat Paul ihm leid.

Jean-Claudes Unterleib war ein Feuerwerk. Eine Schlange zappelte an ihm herum. Wie genau erinnerte sich Jean-Claude an die Wochen, in denen Hannas Leib durchsichtig war. Wie der von Schneewittchen. Wie er sich auflöste unter seinen Blicken. Unberührbar, sagte das Weiß ihrer Haut. Nur ihr Lächeln und ihre Stimme kreisten um Jean-Claude herum, schlangen ihn ein. Wenn er diese Lippen berühren würde, dachte Jean-Claude damals, während Hanna ihm lächelnd Worte ins Ohr drehte, würden sie auf der Stelle verschwinden. Hanna war eine Erscheinung. Frevel war es, sie betasten zu wollen.

Dass es in Paris doch anders gekommen war, überraschte Jean-Claude immer wieder aufs Neue. Nachts wachte er auf und mit einem Herzschlag sprang ihm ins Bewusstsein, dass am Nachmittag Hanna bei ihm gewesen war. Dass ihre Lippen bei seiner Berührung nicht verschwunden waren, sondern sich geöffnet hatten, dass seine Zunge auf ihrer willkommen gewesen war. Dass ein Glühen durch ihren Körper gegangen war, sich weiche Hügel an ihn gedrängt hatten und sogar das Mysterium eine Etage tiefer. Dass dieses wirklich existierte, war für Jean-Claude ein elektrifizierender Schock, dass sein Finger feucht wurde und ein schweres Atmen in sein Ohr drang, ließ seine Schlange anschwellen zu einer gewaltigen Anakonda. Er war ein Gott und wenn die weichen Wellen Hannas über ihn schwappten, dann drang er zugleich in Paul ein, ließ ihn zusammen schrumpfen wie ein gegrilltes Würstchen und katapultierte ihn fort ins Weltall. Zurück blieb ein dicker Brei aus Hanna-Fleisch und Jean-Bauch, ein Aufeinander-Sabbern und tödliches Fressen. Paul konnte nicht mehr lange leben. Unmöglich.

Jean-Claude war eine dunkle Verlockung. Eine schwarze Schönheit, aufgetaucht aus dem Unbekannten. Wie bleich Paul ihr erschien, wenn Hanna abends nach Hause kam. Seine Augen wurden von Tag zu Tag grüner, die Brauen schimmerten rötlich. Wo Jean-Claude wohl gerade war, fragte sie sich, während sie in ihrer hellen Küche einen Teller mit Käse belegte, sorgsam eine Cocktailtomate in Viertel schnitt und das Baguette in kleine Scheibchen zerlegte. Sehnte er sich nach ihr, so wie er ihr auf dem Bahnsteig ins Ohr gehaucht hatte, während der kalte S-Bahn-Zug auf ihr Einsteigen wartete? Stimmte es, was er ihr geschworen hatte, dass mit Sandra Schluss war und er auch seine anderen kleinen Affären nicht weiter verfolgte? Euphorisch wachte Hanna morgens auf, glücklich, wieder ins Büro fahren zu dürfen. Sorgsam behandelte sie sich im Bad, schminkte ihre Augen, trug etwas Rouge auf, lächelte sich zu. Ihr Kleiderschrank war zu neuem Leben erwacht. Lockende Farben stachen ihr ins Auge, auffallende Stücke wollten getragen werden. Auch die Schaufensterauslagen in der Stadt – spitze, adrett arrangierte Schuhe, um wohl geformte Puppen drapierte Dessous und gekonnt zusammengestellte Einzelteile – erzählten Hanna von ihrer Attraktivität, waren da allein zur Untermalung ihrer Weiblichkeit.

„Du bist doch wirklich nicht zu dick", murrte Paul beim Frühstück, wenn Hanna nur ein Glas Buttermilch trank und eine Apfelsine mit langsamen Gabelstichen in ihren Mund führte.

„Das habe ich ja auch nicht gesagt", gab sie zurück.

„Ich möchte mich einfach nur gesund ernähren."

Immer lustvoller wurde die Gewohnheit, für Paul große Teller aufzufahren, ihm leckeres Essen vorzusetzen und sich selbst durch Zurückhaltung zu kasteien.

„Du spinnst", sagte Paul, aber Jean-Claude saß auf diese Weise mit am Tisch, und seine Gegenwart kitzelte Hannas Haut.

Hanna zelebrierte ihr körperliches Schmilzen.

Es war ein Opfer, das sie Jean-Claude darbrachte.

Du bist schön.

Du bist eine Frau.

Du bist begehrt, flüsterte ihr mit jedem Gramm

weniger eine Stimme ein. Als sie erstmals eine kleinere Kleidergröße vom Ständer nehmen durfte, waberte eine Wolke um sie. Du bist in Sicherheit, hörte sie. Du wirst geliebt werden in Ewigkeit.

Die Nachmittage in Jean-Claudes Wohnung. Die Sonne fiel auf das Junggesellenbett, Jean-Claudes Feuchtigkeit drang zwischen ihren Lippen ein. Siehst du, Paul, dachte Hanna, wie anders sich das anfühlen kann. Wie routiniert du doch bist, wie abgeklärt. Wann hast du mir zum letzten Mal gesagt, wie schön ich bin? Wann hast du mich wirklich begehrt? Wann hast du diese Hitze gehabt, mit der Jean-Claude in mich dringt? Wann ist deine Schlange in mir explodiert, dass es nur so tausend Funken sprüht? Wann hat dein Sehnen mich zugedeckt, mich eingehüllt in einen Kokon? Wann war meine Existenz dir je so viel wert?

Paul.

Hatte sie ihn wirklich vor weniger als einem Jahr geheiratet?

Neben Jean-Claude versteinerte er.

Er war Kulisse von Hannas Achterbahnfahrt, die immer wieder zusteuerte auf die Lust der Höhepunkte. Hanna auf dem Hochseil des Lebens, im Drogenrausch der dünnen Luft. Armer

Paul. Du Erdbewohner. Du Ameise. Ich werde abheben, dich unten zurücklassen, ganz klein, kaum sichtbar. Ich werde das Leben auffressen und mich von dir nicht daran hindern lassen.

Paul stand auf einem Sprungbrett. Jedes Mal, wenn Jean-Claude Hanna berührte, rutschte Paul ein kleines Stückchen vor. Er bewegte sich auf seinen Absturz zu. Unweigerlich. Jean-Claude bemerkte Hannas Veränderung. Er sah, dass sie neue Kleider für ihn trug, dass sie nur noch Vogelhäppchen aß. Er sah, dass sie sich von ihrem Ehemann wegbewegte. Er spürte, wie jeder seiner leidenschaftlichen Küsse, seiner kleinen Aufmerksamkeiten, seiner nachmittäglichen Inszenierungen – Kerzenlicht und eine Flasche Prosecco – Hanna satt machten. Auf einen wie ihn hatte sie ihr Leben lang gewartet. Ihr Mann war ein mieser Liebhaber, ein cooler Mediziner. Hanna war ihm, Jean-Claude, verfallen. Eine reife Frucht, die er nur zu pflücken brauchte. Pauls lächerliche Erscheinung jeden Mittwoch im Büro entfachte Jean-Claudes Leidenschaft aufs Aggressivste. Immer neue Spielarten förderte er zutage, immer tiefer drang er in Hanna ein. Beim Gedanken an Pauls Gesichtsfarbe schwoll seine Anakonda zu einem Monster, Hanna war geblendet von seinen Fähigkeiten. Nachmittage, Vormittage, gemeinsame Dienstreisen, ein Schlenker ins Bahnhofshotel nach der Feier im Kollegenkreis, eine Nacht (für ihn) im noblen Kempinski Hotel mit Champagner und Abendmahl (Hanna verschwand gegen 23 Uhr in Richtung Heimat), Kinobesuche mit intensivem Schmusen, Theaterpremieren mit Sektempfang, und immer wieder seine Leidenschaft – was brauchte Hanna eigentlich noch, um Paul abzuschießen?

Jean-Claude erschrak, als diese Frage plötzlich da war. Seit Monaten schwamm er auf der Welle der Selbstsicherheit, labte sich an seiner Genialität, gestaltete jeden Sex-Akt, als sei er der letzte, gab sich hin, als ginge es um seine Existenz, torkelte im Siegesrausch von Rendezvous zu Rendezvous und saß auf seinem Bürostuhl wie Richard Gere, wenn Paul durch die Tür trat.

Stellte aber Richard Gere sich solche Fragen?

Du Idiot, hör auf, sie würde Paul jederzeit auf den Mond schießen, wenn du nur ein Wort...Du hast ihr ja auch noch nie in Aussicht gestellt, sie in deiner Junggesellenwohnung aufzunehmen, nein, Unsinn, mit ihr gemeinsam eine herrschaftliche Residenz zu suchen, ihr einen Antrag zu machen, bei Schampus in einem Drei-Sterne-Restaurant. Sie wartet darauf, voller Sehnsucht, sie ist eine Frau und eine Frau will...

Dann frag sie doch. Tu es. Oh, mein Gott, und wenn sie Nein sagt? Feigling! Wie kann sie Nein sagen? Nach all den Nachmittagen, Nächten und Höhepunkten? Denk an ihren glasigen Blick, wenn sie in deinen Armen liegt, glücklich und satt, in ihren neuen roten Dessous, die sie sich extra für dich gekauft hat, du weißt es doch genau. Frag sie!

Pauls erstes Eintreten ins Büro nach dem Auftauchen der Frage steckte Jean-Claude in den Knochen. „Hi“, hatte Jean-Claude gesagt und zum ersten Mal dieses Zucken in den Wangen gespürt, das später immer wiederkommen sollte. Paul hatte wie immer die Tür aufgeworfen, Krawatte und Anzug penetrant zur Schau getragen, einen Yuppie-Trenchcoat über den Arm geworfen. „Hallo, Jean-Claude“, hatte er in einem Ton gesagt, der Jean-Claude mit einem Mal vorkam, als richte er sich an einen Minderbemittelten aus seinem Patienten-Kabinett.

Dann war Paul ins Nebenzimmer gerauscht, hatte Hanna einen hörbaren Schmatz aufgedrückt und ihr ein „Hi, Baby“ hingeworfen. „Wir haben heute Abend noch eine Einladung bei Herrn Dr. Abendrot“, hörte Jean-Claude das Ehe-Gespräch mit. „Wir fahren dann erst noch einmal kurz nach Hause, damit du dich etwas fein machen kannst.“

Wie konnte Hanna sich diese Bevormundung bieten lassen? Paul verfügte über sie, sogar über ihre Garderobe. Er riss sie ihm, Jean-Claude, aus dem Herzen und entführte sie. „Ciao, Jean, Ciao, Evi!“ konnte Hanna nur noch rufen. Kein persönliches Zeichen für ihn, kein Wink. Jean-Claude kochte.

Noch bevor der nächste Mittwoch vor der Tür stand, schrieb Jean-Claude ein kleines rotes Kärtchen und steckte es in einen Mini-Umschlag. „Hanna“ schrieb er in verschnörkelten Lettern darauf. Er traf extra früh im Büro ein und steckte den Umschlag auf Hannas Computer-Tastatur. Sie sollte ahnen, dass es sich bei der darin befindlichen Einladung zum Essen um eine besondere handelte.

Selbst das Risiko, dass Evi den Umschlag entdecken könnte, nahm Jean-Claude in Kauf.

Heute gab es Wichtigeres.

Hanna flog zur Tür herein. Sie trug ein hellblaues Twinset und einen dunkelblauen Rock. Um den Hals hatte sie ein Seidentuch drapiert. „Hallo, ihr beiden!“ Mit einem besonderen Blick für Jean-Claude verschwand sie in ihrem Büro. Als habe er auf eine Reaktion hoffen dürfen, lauschte Jean-Claude ins Nebenzimmer. Kurz darauf poppte eine E-Mail auf seinen Bildschirm.

„Mein Süßer!“ schrieb Hanna. „Das ist eine sehr liebe Einladung! Vielen Dank. Ich komme sehr gerne mit! Tausend Küsse!“

Jean-Claudes Herz begann zu klopfen.

Der Dienstagabend. Jean-Claude hatte sein lindgrünes Hemd angezogen, das das Schwarz seiner Augen unterstrich. Es hatte ihm sofort ein Kompliment von Evi eingetragen sowie die neugierige Frage: „Jean-Cheri, hast du heute ein Rendezvous?“

„Wer weiß, Evilein“, hatte er vielsagend zurückgegeben.

„Na, dann viel Erfolg!“ sagte Evi und klang etwas schnippisch.

Jean-Claude hatte einen Tisch in einem vornehmen französischen Lokal reserviert. Er verabschiedete sich als erster aus dem Büro. Im Stehimbiss um die Ecke wartete er gewohnheitsmäßig auf Hanna. Sie kam und küsste ihn, schaute dann ängstlich um sich und hakte sich bei ihm ein. Erst, als sie ein paar Straßenecken weiter gegangen waren, warf sie sich um seinen Hals und drückte ihn. „Ach, Jean."

Im Restaurant wurden sie zuvorkommend begrüßt. Der Kellner wies ihnen einen hübsch gedeckten Tisch in einer ruhigen Ecke zu, genauso wie von Jean-Claude bestellt. Jean-Claude beobachtete Hanna, wie sie im Glück der unverhofften Einladung badete, entspannt in der Karte blätterte und an ihrem Champagner nippte. Wie groß doch sein Glück war, mit dieser Frau hier sitzen zu dürfen, kam ihm plötzlich wieder ins Bewusstsein. Wieso war er nur unzufrieden? Wo war sein Hochgefühl geblieben? Sollte er den Abend nicht einfach vorüberstreichen lassen, ohne die große Frage...Er würde sich während der Hauptspeise entscheiden, beschloss Jean-Claude und wählte sein Essen aus.

„Es ist wunderschön hier", sagte Hanna, als sie mit langsamen Messerschnitten die Vorspeisen zerteilte und die kleinen Stückchen genüsslich mit der Gabel zwischen ihre vollen Lippen führte. „Wie hast du dieses nette Restaurant gefunden?"

„Ein Kunde auf der letzten Messe hat mir davon erzählt", log Jean-Claude, der es im Restaurantführer unter der Rubrik „Nobel essen" entdeckt hatte. Sein Fischgericht schwebte ein, vor Hanna landete das Lamm mit Knoblauchsoße. „Oh, nachher darf ich dich nicht mehr küssen", lachte Hanna. Jean-Claude lächelte nachsichtig und bestellte doch eine Flasche Wein, obwohl Hanna erklärt hatte, sie würde auch gerne bei Wasser bleiben.

Du musst es dir jetzt überlegen, sagte die Stimme in Jean-Claudes Ohr, als er den Fisch mit der Gabel zerteilte. Aber wie? Von einer Sekunde auf die andere hatte er keine Ahnung mehr, wie er das Gespräch auf eine gemeinsame Wohnung bringen sollte. Wie er diesen „Antrag" möglichst großherzig formulieren sollte, ohne dabei Pauls Gesicht vor sich zu sehen und ohne das Herzrasen seiner Wut auf der Zunge zu haben.

„Hanna", hörte er sich ganz plötzlich sagen.

„Ja?" Sie schaute auf und legte ihre linke Hand über den Tisch auf seine.

„Ich möchte dich etwas fragen."

Gut oder schlecht? In Sekundenschnelle raste

die Ungewissheit durch Hannas Hirn.

„Möchtest du dir mit mir gemeinsam eine Wohnung suchen?“

Sie hatte Ja gesagt. Sie hatte Ja gesagt, und Jean-Claude hatte dem nächsten Rosenverkäufer den ganzen Strauß abgekauft. Der Ober war gesprungen, um eine Vase zu holen und die roten Blüten prangten nun zwischen ihren Gesichtern auf dem Tisch.

Sie hatte Ja gesagt. Ja, ich möchte. Eine Zeitlang hatte Jean-Claude auf das Aber gewartet. Aber Hanna sagte kein Aber. Sie ließen sich noch mal Wein eingießen und der Ober sagte: „Herzlichen Glückwunsch.“

Hanna sah glücklich aus, fand Jean-Claude. Etwas anderes konnte er in ihrem Gesicht nicht lesen.

Um 23.30 Uhr brachte Jean-Claude Hanna zum Zug. Auf dem Bahnsteig drückte sie ihm den Strauß mit den noch nassen Stielen in die Hand. „Würdest du ihn mit zu dir nehmen?“ fragte sie verschämt. „Du weißt doch.“

„Ja, ich weiß“, sagte er. Paul holte sie im Vorort an der S-Bahn ab. Und Jean-Claude fuhr in seine Junggesellenwohnung in der Innenstadt. In der jetzt ein Strauß riesiger Rosen stand.

Wir werden eine Wohnung suchen, sagte sich Jean-Claude am nächsten Tag. Wir werden!

Trotzdem fühlte er sich wie ein Frevler, als er am Freitag den Anzeigenmarkt studierte. Wo sollen wir denn wohnen, hätte er Hanna noch fragen müssen, bevor er suchen konnte. In der Innenstadt, wo auch ihre Agentur war und wo Jean-Claude jetzt lebte? Oder in den Außenbezirken, wo Paul und Hanna wohnten? In der Stadt, wäre natürlich Jean-Claudes Antwort gewesen. So weit wie möglich weg von Paul und von Hannas Familie und deren gemeinsamen Freunden. Ein neues Leben wollte er mit Hanna beginnen, nicht am alten anknüpfen. Aber was Hanna sagen würde, konnte er sich bereits vorstellen. Es war zu teuer in der Innenstadt, zu laut und zu schmutzig. So könne sie nicht leben – oft genug hatte Hanna dies bekundet, wenn sie bei Jean-Claude zu Besuch gewesen war. Er würde sie fragen müssen, doch er würde es verschieben. Auf nächste Woche. Auf den nächsten Bett-Nachmittag. Aufs nächste Essengehen.

Sie hatte Ja gesagt. Ja, ich möchte mit Jean-Claude zusammenleben. Der schöne, romantische Abend hatte Hanna beeindruckt. Wie musste er sie lieben! Wie Recht hatte er. Es war das Normale, dass sie sich jetzt füreinander entschieden. Sie musste es Paul sagen.

Zwar war da ein Würgen in ihrem Hals, als sie sich auf die nackten Plastiksitze in der nächtlichen S-Bahn setzte. Da war aber auch das Flattern von Schmetterlingen in ihrem Bauch. Champagner, Wein und Rosen, der schöne Jean-Claude und seine Liebeserklärung. Ja, dachte sie, und ihr Gesicht glühte, es fühlte sich heiß an und pochte, sie würde es Paul sagen. Sagen oder merken lassen. Aber nicht heute, entschied sie, nicht mitten in der Nacht, wo sie nur noch schlafen wollte und eintauchen in die Fortsetzung des schönen Traums.

„Hi, Baby!“ Da war Paul in seinem silbergrauen Wagen. So pünktlich. So verlässlich. „Wie war dein Termin?“ Eine Einladung von einem Kunden, hatte Hanna gesagt. Pauls Hände, die Hanna kannte wie ihre eigenen, hielten das Steuer umfasst, er schaltete, er streichelte ihr Knie. Er war so arglos. Und sie so hinterhältig. „Trinken wir noch ein Gläschen zu Hause?“ fragte Paul fröhlich. Oh mein Gott wie konnte sie nur – mit dem Gedanken spielen – ihm ein Messer in den Rücken – ? „Ja, gerne, Schatz“, sagte sie und sie freute sich plötzlich wirklich auf das gemütliche Beisammensein in der ehelichen Sitzecke. Jean-Claude und seine Rosen waren Äonen weit weg.

Es hatte Diskussionen gegeben. Unfeine Töne hatten Einzug in die Harmonie gehalten. Wo sollte die Wohnung sein? Es gab Meinungsverschiedenheiten. Jean-Claudes Innenstadtidee war schnell abgeblockt. Jean-Claude aber mochte sich nicht in der Nähe von Paul im Vorort sehen. Statt Champagner und Leidenschaft hatte es Nachmittage mit Zeitungsanzeigen in Jean-Claudes Bett gegeben. Nebeneinander sitzend hatten sie Kreuze gemacht, sich gegenseitig vorgelesen, verworfen und gut gefunden. Allzu oft, so hatte Jean-Claude den Verdacht, hatte Hanna widersprochen, wenn er begeistert gewesen war. Das war gelogen, dachte Jean-Claude. Gelogen. Was für ein neues, trauriges Wort.

„Schauen wir uns eben einfach mal ein paar Wohnungen an“, hatte Jean-Claude endlich vorgeschlagen. „Hier wie da. Wir müssen ja nichts entscheiden.“ Sie schauten Wohnungen an. In der Innenstadt. Die Preise waren astronomisch. Sie schauten Wohnungen im Umkreis von Hannas Vorort an. Hanna war panisch, dass jemand sie sehen könnte.

„Nun stell dich doch nicht so an", entfuhr es Jean-Claude einmal. „Bald wissen es sowieso alle." Hanna schaute ihn nur an.

„Das ist unsere Traumwohnung!" rief Jean-Claude aus. Ein riesiges Loft auf einem etwas außerhalb des Vororts gelegenen Fabrikgelände. Hier würde er sich sogar vor Paul sicher fühlen, es schien ihm weit genug weg von dessen Wirkungskreis.

„Liebling", sagte Jean-Claude, umarmte Hanna mitten in dem riesigen, leeren Raum, schaute ihr tief in die Augen und küsste sie. „Das ist sie! Das ist unsere Wohnung."

„Gefällt sie Ihnen?" fragte der joviale Vermieter. „Das freut mich sehr. Es gibt da allerdings noch einen weiteren Bewerber, der sich bis zum kommenden Mittwoch entscheiden möchte. So lange müssen Sie sich bitte gedulden. Ich kann Ihnen aber bereits versichern, gleich nach ihm sind Sie meine erste Wahl..."

Jean-Claude schaute Hanna glücklich an. Hanna lächelte tapfer. Bis Mittwoch. Fünf Tage.

Hanna mochte nicht glauben, was sie sah. Es durfte nicht wahr sein, dass ihr Vorort so klein war. Sie versuchte, sich hinter Pauls Arm zu verstecken. Doch es war bereits zu spät.

„Guten Tag, Frau Schneekluth!“ rief der freundliche Herr, stürzte auf sie zu und reichte ihr die Hand. Für Paul hatte er nur ein kurzes Kopfnicken.

„Ich habe eine sehr gute Nachricht für Sie!“

Bitte nicht, dachte Hanna.

„Der andere Interessent ist abgesprungen! Sie können die Wohnung haben!“

Herr Maler, der Vermieter!

„Ach, guten Tag, Herr Maler“, rief Hanna schnell in ihrem freundlichsten Kundenton.

„Sie müssen natürlich noch einmal mit Herrn Raybaud Rücksprache halten“, plapperte Herr Maler weiter. „Aber die Wohnung hat Ihnen ja beiden sehr gut gefallen.“

„Ja, Herr Maler“, sagte Hanna. „Wir melden uns. Auf Wiedersehen. Einen schönen Tag noch...“

Der Vormittag war grau. Gerade hatte Hanna mit Paul auf diesem samstäglichen Einkaufsgang zu dem kleinen Delikatessenladen einbiegen wollen. Sie wollten Fisch fürs Abendessen kaufen. Paul wollte kochen, zwei befreundete Paare waren eingeladen. Jetzt schaute Hanna Paul in die Augen. Sein Gesicht war leichenblass.

„Herr Raybaud“ sagte er nur. „Jean-Claude.“

„Ja, Jean-Claude“, sagte Hanna. Riesig, schwarz und saftig tauchte er neben ihr auf. Aus Paul dagegen sickerte das Blut. Die Einkaufstasche, die er in der Hand trug, machte ihn lächerlich.

„Baby“, sagte Paul. „Ich hab’s mir schon gedacht.“

Er legte den Arm um sie und führte sie die belebte Fußgängerzone entlang.

„Wir reden noch mal darüber“, sagte er zu ihr in einem Ton, als sei sie es, die jetzt Zuspruch brauche. „Und das mit der Wohnung“, fügte er vehement hinzu. „Das muss doch nicht sein. Wenn du mehr Zeit mit Jean-Claude verbringen willst, kannst du ja ab und zu bei ihm übernachten.“

Hanna! Jahrelang hatte Paul nach diesem Mädchen geschmachtet. Es musste in der siebten Klasse gewesen sein, dass sie ihm zum ersten Mal richtig aufgefallen war. Ihre langen, dunklen Schnittlauchhaare, die beim Herumtollen wippten. Ihr Lächeln, aber vor allem ihre Lippen. Die Asymmetrie von Ober- und Unterlippe, die ein so einmaliges Bild ergab. Die schönen Zähne, die dahinter zum Vorschein kamen.

Jeden Tag aufs Neue durfte Paul dieses Mädchen bewundern und schon nach kurzer Zeit empfand er dies als selbstverständlich. In seiner Vorstellung gehörte sie längst ihm. Ich werde Hanna heiraten, hatte Paul beschlossen. Und schon lange, bevor Hanna nur ahnen konnte, was in Paul vorging, begann er, sich besonders um seine künftige Frau zu kümmern.

„Ich finde, die Farbe Rot steht dir nicht so sehr. Rosa passt besser zu dir", erklärte er seiner Mitschülerin, die ihn als netten Jungen wahrnahm. Den einzigen, der sich auch für Mädchenthemen wie Farben und Kleider interessierte. Ihren Prinzen sah Hanna dagegen in Thomas. Jahrelang bestimmte er ihren Schulalltag, beachtete sie jeden seiner Atemzüge. Ihr Tagebuch war voll von Beschreibungen des Dunkelhaarigen, ob er sie angesehen und begrüßt hatte, ob er sich wohl langsam in sie verliebe.

Als Paul im Laufe der Jahre immer eindeutigere Bedürfnisse in sich verspürte, wusste er, dass er bald handeln musste. Der große Tag kam bei der Klassenfahrt im zehnten Schuljahr. Hier, wo sich allerlei zwischen Jungs und Mädchen anbahnte, musste auch er zuschlagen. „Darf ich dich zu einem Getränk einladen?"

fragte er eines Mittags die überraschte Hanna in der Jugendherberge. Schon bald saßen sie sich im grellen Sonnenlicht der glasumbauten Cafeteria gegenüber. „Was möchtest du?“ fragte Paul. „Einen Kakao? Ein Stück Erdbeerkuchen?“

Hanna ließ sich verwöhnen.

„Ich mag dich“, sagte Paul und es klang etwas zu forsch.

„Ich mag dich doch auch, Paul“, sagte Hanna.

„Aber ich mag dich besonders. Mehr ... verstehst du?“

Hanna war überrascht. Erst jetzt fiel ihr auf, wie sehr Paul sich immer um sie bemühte, wie er sich seit Jahr und Tag für alles, was sie betraf, interessierte. Wie er nach ihren Eltern und ihrer Schwester fragte. Wie er ihre Kleidung lobte oder kritisierte. Hanna warf einen neuen Blick auf Paul. Er sah doch nicht schlecht aus. Er war groß gewachsen, hatte einen ordentlichen Kurzhaarschnitt. Er kleidete sich immer geschmackvoll.

„Gehst du heute Abend mit mir zur Party?“ fragte er jetzt.

Hanna lächelte verschämt. „Ja“, sagte sie dann.

Im Halbdunkel des Diskoflimmerns küssten sie sich zum ersten Mal. Nicht nur die eigene Klasse, sondern alle Klassen der Mittelstufe konnten es sehen. Von diesem Abend an waren Paul und Hanna zusammen.

Paul und Hanna. Das war seit zwölf Jahren ein feststehender Begriff. Hanna und Jean-Claude? Wie konnte dieser Mensch es wagen? Wann eigentlich hatte dieses Intermezzo begonnen, fragte sich Paul und rechnete zurück zu ihrer erst knapp ein Jahr zurückliegenden Hochzeit. Es war doch wohl undenkbar, dass dieser Kollege schon vor der Hochzeit, etwa während...Aber selbst wenn: geheiratet hatte Hanna ihn, Paul. Seinen Ring trug sie an ihrem Finger. Wie kam dieser Halbfranzose auf die Idee, mit Hanna eine Wohnung zu suchen?

Niemals würde er das zulassen, grollte Paul und Kurt fiel ihm ein. Wer waren diese Halbgaren? Was hatten sie seiner Frau zu bieten? Eifersucht und Gefühlsduselei, romantisches Getue und etwas Verehrung für Hannas Selbstbewusstsein. Die Organisation ihres Lebens jedoch, die Struktur, die sie brauchte, die klare Linie, die gewisse Führung – das hatte nur er zu bieten. Paul. Wie würde ein Zusammenleben von Hanna und Jean-Claude aussehen? fragte er sich verächtlich. Ein ewig ungemachtes Lotterbett, ein Dahindriften im Chaos, ein Ersticken in der eigenen Romanze. Hanna würde nicht einmal mehr wissen, wie sie sich zu kleiden habe, und all die kleinen Dinge, die Paul täglich für sie erledigte – von der Koordination der Treffen mit Freunden und Verwandten bis zu Urlaubsplanung – würden sie, und vor allem diesen Halbfranzosen, vollkommen überfordern.

Dann der Imageverlust! Wie wollte sie ihren Bekannten, ihren Eltern, ihrer Schwester klarmachen, dass sie sich nur ein Jahr nach der großen Hochzeit von Paul trennen wollte? Um mit diesem Jean-Claude zusammenzuziehen? Ihre Eltern würden Zeter und Mordio schreien, sie würden ihre eigene Tochter verstoßen. Dann die Peinlichkeit vor den Freunden! Ausziehen! Nur wegen einer Affäre. Hanna!

Peu a peu flocht Paul all diese Dinge ins Gespräch mit Hanna ein. Immer gefolgt von einem „Das muss doch nicht sein, das ist doch völlig unnötig“ in seinem schnellen, zielstrebigen Ton. „Mach doch keinen Unsinn, Baby, sei doch vernünftig. Du weißt doch nicht einmal, wie lange diese Affäre hält! Denk doch bloß an Kurt! Wer weiß, als was sich Jean-Claude irgendwann einmal entpuppt!“

Mein Paul! Hanna war gerührt. Und überrascht. So wie damals bei Kurt. Wozu ihr Mann fähig war! Keine einzige Szene hatte er ihr gemacht. Nicht einmal getobt, geschrieen, geheult. Nicht gebettelt oder gewinselt. Kein Zusammenbruch. Nichts.

Paul stand gerade wie ein Baum und referierte seine Einschätzungen. Appellierte an ihre Vernunft. Wollte nur ihr Bestes.

Und er hatte Recht. Was würden ihre Eltern sagen! Denen die Familie so wichtig war. Die Paul längst adoptiert hatten. Er war der Mann auch in ihrem Haus, der für alle Problemchen sofort eine Lösung hatte. Paul organisierte und fragte und half und packte an. Auch für ihre Schwester. Er gehörte dazu. Wie ein Bruder, den die zwei Mädchen nie hatten.

Und die Freunde! Ja, wie sollte das in Zukunft gehen? Sollte sie etwa mit Jean-Claude zum alten Klassen-Stammtisch gehen? Oder ganz fernbleiben? Undenkbar, beides.

Und Jean-Claude? Ja, den Gedanken hatte sie selbst schon gehabt. Wie lange würde es überhaupt gut gehen? Passten sie wirklich zusammen? Hatten sie sich nicht jetzt schon alleine bei der Wohnungsfrage ganz schön in die Haare gekriegt? Schlummerte in Jean-

Claude auch ein böses Geheimnis wie seinerzeit in Kurt? Musste sie das nicht erst einmal herausfinden, bevor sie solche Entscheidungen traf? Und Jean-Claudes Vorleben! Mit Frauen! Hanna war sicher: Paul war ihr treu. Doch wie würde das bei Jean-Claude aussehen? Hatte er ihr nicht selbst erzählt, er habe alle seine bisherigen Freundinnen betrogen? Die langjährige Geschichte mit der jungen Blondine nur ausgehalten, indem er hin und wieder ausscherte? Wusste sie überhaupt, was er tat, wenn sie ihn nicht sah? Wusste sie, ob er log, wenn er behauptete, keine anderen Affären mehr zu haben? Eine Angst schlich sich in ihr ein. Wenn sie die Sicherheit der vier Wände mit Paul verlassen würde, wäre sie Jean-Claude ausgeliefert. Seine Schönheit, die sichtbar viele Frauen anregte, würde sie täglich in Gefahr bringen. Vielleicht sogar würde er sie irgendwann wegen einer anderen verlassen. Und dann...Dann stünde sie alleine da, blamiert vor Eltern und Freunden, Paul hätte längst eine Neue – sie spürte einen deutlichen Stich im Herzen bei diesem Gedanken – und sie wäre zu alt, um jemals wieder einen anderen...

Pauls Angebot, bei Jean-Claude zu übernachten!

Hannas Herz verfiel in Rührung bei diesem Gedanken. Wie sehr musste er sie lieben, dass er das auf sich nehmen wollte. Er werde sogar bei Eltern und Familie verschleiern, wo sie sei, hatte er angeboten. Er werde Hannas Liebesleben schützen. Was für ein Zug von Paul! Hanna war von ihrem eigenen Mann aufs Neue sehr beeindruckt. Er hatte Recht. Sie würden diese Wohnung nicht nehmen. Sie würde es Jean-Claude sagen müssen.

„Paul weiß alles“, hatte Hanna gesagt. Diesmal war sie es gewesen, die Jean-Claude zum Essen gebeten hatte. In einem kleinen Lokal in der Innenstadt. Jean-Claude erinnerte sich an den positiven Schock, den er durch diesen Satz erlitten hatte. War die Bombe geplatzt? Schon stand eine große Erleichterung im Raum, bereit sich Jean-Claudes zu bemächtigen.

„Wie hat er reagiert?“ fragte Jean-Claude. Eine Sekunde lang sah er sich als Soldat im Kampf, als Duellant gegen seinen Feind. Paul musste ihn jetzt hassen. Aber immerhin war nun alles heraus.

„Er hatte es bereits geahnt“, sagte Hanna.

„Und?“

Hatte er geschrieen, getobt, gedroht?

„Er hat mir angeboten, hin und wieder bei dir zu übernachten.“

Das Lokal hatte sich verfinstert. Vor ihm saß Hanna und lächelte ihn aufmunternd an, weil sie seine enttäuschte Miene bemerkte. Das konnte nicht wahr sein, dachte Jean-Claude. Warum lächelte sie? Warum zog sie nicht endlich das Messer aus seinem Herzen, das sie ihm gerade hineingerammt hatte? In einem Satz hatte sie alles vernichtet, was schon zum Greifen nahe gewesen war. Dass sie die Wohnung nicht nehmen würden, hätte sie gar nicht mehr ausdrücklich sagen brauchen. Dass sie Paul nicht verlassen würde, war klar. Dass es an ihm war, diese Situation zu akzeptieren oder nicht, ebenfalls. Er hatte den Schwarzen Peter.

„Hallo, Jean-Claude!“ Paul hatte einen neuen Tonfall ihm gegenüber, als er am Mittwoch ins Büro kam. Nicht etwa aggressiv, abfällig oder distanziert. Nein, ganz im Gegenteil: überaus freundlich. Er sprach mit Jean-Claude wie mit einem Verschwörer, mit einem Augenzwinkern über Evi hinweg. Vorbei an der Unwissenden ließ er das gemeinsame Geheimnis einfließen in ihre Beziehung. Jean-Claude saß am

Schreibtisch und seine Glieder wurden weich. Er schämte sich, als schaue Paul in sein Bett. Die Augen niederschlagen. Diese Bezeichnung drängte sich ihm plötzlich auf. So gern hätte er es getan, wenn er nicht gewusst hätte, wie unmännlich dies war. Doch der Blick, mit dem er versuchte, dem von Paul standzuhalten, zitterte.

„Hi, Baby" im Nebenzimmer, Schmatz laut hörbar.

„Deine Eltern haben uns für heute Abend eingeladen."

Wenn Jean-Claude nicht zu schwach gewesen wäre, hätte er am selben Abend, nachdem Hanna und Paul mit fröhlichem Winken aus dem Büro verschwunden waren, eine Frau aufgerissen. In einer Cocktailbar oder in einer Kneipe. Doch so wie er sich fühlte, konnte er nicht einmal ein Wort heraus bringen. Nicht einmal nach Billardspielen war ihm zumute. Er blieb sehr lange im Büro und trank mit Evi noch ein Bier.

„Hast du irgendwas?" fragte die.

„Nein", sagte Jean-Claude. „Ich will einfach nur ein Bier trinken."

Übernachten. Hanna wollte nun bei ihm übernachten. Ich müsste aufräumen, dachte Jean-

Claude, eine Flasche Champagner kaufen. Etwas kochen. Doch die Sinnlosigkeit jedweder Prozedur ließ ihn erstarren. Er habe es einfach nicht mehr geschafft, erklärte er Hanna, die etwas enttäuscht war. „Jetzt habe ich schon mal so viel Zeit!“ sagte sie und es klang ein wenig vorwurfsvoll. „Gehen wir eben in die Kneipe um die Ecke“, sagte Jean-Claude.

„Hier ist es scheußlich“, fand Hanna, als sie in der Pilskneipe zwischen Biertrinkern und laut Palavernden saßen und eine Bockwurst aßen. Sie nahmen noch zwei Flaschen Bier mit nach Hause und schauten einen Film im Fernsehen an. Als es 23 Uhr war, spürte Hanna den alten Drang, einzupacken und zu gehen. Doch diesmal konnte sie bleiben. Es fühlte sich seltsam schal an.

Unter Jean-Claudes Bettdecke war sie wie erstarrt. Es musste gegen drei Uhr sein, als sie hochschreckte und an Paul dachte. Ganz allein lag er daheim in ihrem großen Bett. Der arme Paul! Er opferte sich für ihr Liebesleben. Und dabei gab es kein Liebesleben. Jean-Claude hatte keine Anstalten gemacht, sie zu verführen. Und als Hanna nach ihm gegriffen hatte, war nichts geschehen. Die Anakonda war in Schlaf verfallen.

Armer Jean-Claude, dachte Hanna, als sie am nächsten Abend mit Paul in der Sofaecke beim Wein saß. Wie konnte ich nur verlangen, dass er für alles sorgt. Beim nächsten Mal werde ich etwas zum Kochen mitbringen. Und eine Flasche Wein. Ich werde sein Bad putzen und ein wenig aufräumen. Wir haben jetzt keine bloße Affäre mehr, wir sind ein Paar. Und da ist auch der Sex nicht mehr so wichtig. Was Zusammenleben bedeutete, wusste Hanna schließlich zur Genüge.

Das Messer in Jean-Claudes Herzen blieb. Doch Hanna bemühte sich anscheinend, es nicht noch tiefer hineinzustoßen. Sie brachte große Einkäufe mit, wenn sie bei ihm übernachtete. Sie kochte, sie half ihm, die kleine Junggesellenwohnung ein wenig aufzuräumen. Sie versuchte, seine Vergangenheit mit anderen Frauen, die darin noch immer dokumentiert war, auszumerzen. Den kleinen Zettel zu entfernen, der seit Jahr und Tag am Pinboard hing und der noch von seiner Blondine stammte: „Bin um 22 Uhr zu Hause, ich liebe dich, Küsse, Katja“. Jean-Claude protestierte. „Was hast du gegen meine Vergangenheit? Lass bitte den Zettel in Ruhe.“

Hanna war eingeschnappt und ein Gedanke machte sich bei ihr breit. Jean-Claude war nicht bereit, andere für sie aufzugeben. Hatte er noch mehr Affären nebenbei? Was für Freundschaften pflegte er noch? Doch sie bekam nichts heraus. Er stellte ihr keine Freunde vor. „Hast du keine?“ fragte Hanna irgendwann. „Nicht viele“, sagte Jean-Claude. „Was machst du eigentlich abends, wenn ich nicht da bin?“

„Fernsehschauen, Computer spielen“, sagte Jean-Claude.

Mein Gott, wie unattraktiv, dachte Hanna.

Warum beendete er diese Situation nicht, fragte sich Jean-Claude seit der Wende. Doch wann immer diese Frage in sein Gehirn poppte, legte sich eine große Schwäche auf seine Glieder, genauso wie an dem Tag, als Paul zum ersten Mal im Büro so freundlich zu ihm gewesen war. Warum sollte er sie beenden, kam ihm gleich darauf in den Sinn. Wo Hanna sich doch so um ihn bemühte. Dreimal in der Woche übernachtete sie inzwischen bei ihm, machte ihm Liebeserklärungen und versuchte, ihn immer wieder zu verführen. Es war jedoch schwierig geworden für ihn, sein aggressiver Drang war verschwunden, es brauchte oft mehrere Anläufe und immer wieder neue Versuche für Hanna, Jean-Claude überhaupt auf Trab zu bringen. Nach ein paar Monaten stellte sie die Frage: „Liebst du mich nicht mehr? Oder bin ich nicht attraktiv?"

Natürlich liebe er sie und sie sei auch attraktiv, versicherte Jean-Claude. Aber wusste sie denn nicht, dass es sich mit einem Messer im Herzen schlecht ficken ließ? Wie sollte er ihr das erklären?

Paul ließ Hanna ohne Proteste immer öfter zu Jean-Claude gehen. Das einzige, was er dazu sagte, war am nächsten Tag: „Deine Eltern haben angerufen. Es war wieder ziemlich schwierig, ihnen klarzumachen, dass du schon wieder einen Abendtermin hast."

„Danke, Schatz!" sagte Hanna und küsste ihn. Dann verschwand sie in der Küche, um ihm ein schönes Abendessen zu bereiten.

Sieben Jahre. Waren es wirklich sieben Jahre, fragte sich Jean-Claude an dem Tag, als sie in ihrem neuen Büro die Kisten auspackten. Waren es sieben Jahre, die er sich drei Mal die Woche von Hanna besuchen ließ, mehr schlecht als recht den Liebhaber mimte, ertrug, dass sie ihn immer wieder wegen seiner chaotischen Junggesellenbehausung piesackte. Waren es sieben

Jahre, in denen er zu den alljährlich wiederkehrenden Terminen mit Hanna auf Dienstreise fuhr. Im September nach Paris, im März nach Berlin. Waren es sieben Jahre, die sie zusammen in der PR-Agentur Stein gearbeitet und ihren Rhythmus gefunden hatten. Hanna kam zu Jean-Claude, Hanna blieb bei Paul, Hanna fuhr mit Jean-Claude in Urlaub, Hanna fuhr mit Paul in Urlaub. Hanna ging mit Paul zu Familienfesten, Hanna ging mit Jean-Claude zu dessen Familienfesten. Niemand dort wusste, dass sie verheiratet war. Jean-Claude graute es vor den Fragen, die unweigerlich auf ihn zugekommen wären.

So gab es inzwischen längst ein Jean-Claude und Hanna, jedenfalls in einer Hälfte der Welt.

Jean-Claude rutschte immer tiefer in Hannas und Pauls Ehe hinein. Wann immer es eine Konfrontation zwischen Hanna und Paul gab, wurde Jean-Claude noch mehr integriert. Wenn Paul etwa der Meinung war, Hanna solle mit Jean-Claude nicht so teure und lange Urlaube machen. Wie solle er ihren Eltern diese lange Abwesenheit erklären? Blieb Hanna bei ihrem Wunsch, rutschte Paul der Satz heraus: „Dann kannst du gleich ausziehen!“

„Ok“, pflegte Hanna dann zu Paul zu sagen.

„Dann ziehe ich eben aus.“

„Ach, Baby“, lenkte Paul schnell ein. „Das war doch nur Spaß. Lade doch Jean-Claude zu deinem Geburtstag ein!“

So kam Jean-Claude längst zu Festen ins eheliche Haus und wurde als Hannas Kollege in die Familie und den Freundeskreis integriert. Paul lud Jean-Claude zum gemeinsamen Tennisspiel ein. Dann ließen sie Hanna zu Hause zurück, gingen auf den Platz und wurden bei der Rückkehr von Hanna bewirtet.

Jean-Claude war auch oft Übernachtungsgast. Allerdings bestand Paul darauf, dass er im Gästezimmer schlief. Alleine. Und Hanna mit ihm im Ehebett. „Das ist dein Zimmerchen“, sagte Hanna gerne zu Jean-Claude, wenn er mit seinen Sachen ins Gästezimmer zog. Jean-Claude seufzte und sagte „Ja“.

Es war Paul gewesen, der irgendwann gesagt hatte: „Warum macht ihr euch nicht mit einer eigenen Werbeagentur selbstständig?“

Es war Paul gewesen, der vorgeschlagen hatte, die teure Innenstadt zu verlassen und Büroräume im Vorort anzumieten. Es war Paul gewesen, der die Neubauten entdeckt hatte. Es war Paul, der den Vermieter herunterhandelte. Es war Paul.

Es war Hanna, die nach dem Umzug in das neue Büro, das nun ihr eigenes in ihrer eigenen Firma war und sie für immer zusammenschweißte, nach sechseinhalb Jahren das Thema gemeinsame Wohnung wieder auf den Tisch brachte.

„Jean", sagte sie. „Willst du nicht aus deiner chaotischen kleinen Wohnung ausziehen? Es ist doch so teuer in der Innenstadt. Zieh doch zu uns in den Vorort. Suchen wir uns doch in der Nähe unseres neuen Büros eine Wohnung!"

„Wir?" hatte Jean-Claude schwach gefragt. „Was heißt wir?"

„Na, das heißt, dass wir sie gemeinsam suchen, du und ich, und gemeinsam einrichten. Und dass ich die Hälfte der Miete bezahle. Dann haben wir endlich etwas Eigenes."

Warum stach noch immer das Messer in Jean-Claudes Herz, nach all den Jahren, Urlauben und Verpflichtungen, die Hanna für ihn eingegangen war? Warum erschien ihm der Vorschlag wie Hohn? Eine Wohnung, die nicht mehr ihm alleine gehörte, und in welcher er auf Hannas Erscheinen drei Mal die Woche warten durfte.

Doch schon hatte Hanna die Wohnungsanzeigen gezückt, wieder saßen sie auf seinem

Chaos-Bett und blätterten in der Zeitung. Diesmal war es Hanna, die vorpreschte und Vorschläge machte und sich immer wieder über Jean-Claudes Lethargie beschwerte. „Hier, in x!“ rief sie. „Oder das, in y!“ Dann las sie den Anzeigentext vor und schlang ihre Arme um Jean-Claudes Hals. „Das klingt doch schön!“ Und schon rief sie beim Vermieter an und machte einen Termin.

Die Wohnung, die sie nahmen, war ein Abziehbild der einstigen Wohnung. Die Ironie des Schicksals hatte einen Bauherrn anrufen lassen, der eine alte Fabrikhalle renoviert hatte. „Sie werden begeistert sein!“ rief er durchs Telefon.

„Jean-Claude, das klingt doch super!“ rief Hanna. „Das Loft hat dir doch damals so gut gefallen!“

Warum gefiel ihm dieser Satz nicht? Er tat ihm weh.

Mit Hannas Auto fuhren sie zur Baustelle.

„Jean-Claude!“ rief Hanna, nachdem sie vom Bauherrn durch die Räume geführt worden waren.

„Das ist unsere Wohnung!“

Er schwieg.

„Gefällt sie dir nicht?“

„Doch.“

Er fühlte sich in Traurigkeit gebadet.

Paul organisierte den Umzug. Drei Wochen lang lebte Jean-Claude in „seinem“ Gästezimmer, bis die Küche kam. Paul hatte dem Handwerker Beine gemacht. „Dass Jean-Claude sich nicht selbst einmal richtig um seine Angelegenheiten kümmern kann!“ sagte er zu Hanna. „Wie hältst du das nur aus?“

„Unsere Wohnung!“ rief Hanna fröhlich, als sie mit Jean-Claude in den hellen Räumen stand.

„Warum sagst du nichts?“

„Ich sag doch was“, sagte Jean-Claude und wischte die Arbeitsplatte in der Küche ab.

„Ich verstehe Jean-Claude nicht“, sagte Paul zu Hanna. „Nun hat er endlich eine schöne, große und helle, saubere Wohnung ohne seinen Junggesellendreck und er steht da und schaut aus wie drei Tage Regenwetter.“

Wie Recht ihr Mann doch hatte, dachte Hanna. Wie schwer es ihr seit langem fiel, Jean-Claude immer wieder anzutreiben. Wie erschöpft sie sich manchmal fühlte, wenn sie sich mit seiner Lethargie konfrontiert sah. Wie dankbar sie Paul mit seiner Tatkraft in Anspruch nahm.

Wozu eigentlich, fragte sie sich, hatte sie zwei Männer?

Doch da waren die Firma, die Wohnung, die Jahre, die Erinnerungen, und diese wurden täglich mehr.

Zu dritt waren sie verdammt zu einem ewigen Ringelreihen.

Es würde nie mehr aufhören.

Helmut fühlte sich gut. Gestern beim Tango hatte es Klick gemacht. Klick, und er hätte seiner Dame gerade so seinen Schwanz hineinrammen können. Durch sie hindurch war er gegangen, mit einem Schritt, schwupp, und er hatte sie durchquert wie einen Geist. Hatte sie Widerstand geleistet? Nein! Das Wunder, das Helmut sich sein Lebtag nie hatte erhoffen dürfen, war geschehen. Sie war willig gewesen. Willig und anpassungsbereit und hingebungsvoll und er hatte sie geführt. Er! Über die riesige Fläche in der großen Tanzhalle, kreuz und quer und rundherum und er hatte ihre blonden Haarfäden an seiner Wange gespürt, ihr Parfüm gerochen und sie hatte zwei weiche Wölbungen an seine Brust gepresst.

Klick, und er war am Spiegel vorbeigetanzt, und was hatte er darin gesehen? Eine der attraktivsten Frauen der ganzen Milonga, hingegossen in seinen Arm, die Augen geschlossen und an ihn gelehnt. Einen aufrecht stehenden, gerade gebauten, die Blondine um einen halben Kopf überragenden Mann, ja, Mann, und der hatte einen zielstrebigen Blick in eine unwirtliche Ferne, in die er die Dame führen würde, gekonnt, sicher, mit Schritten, die sich, aber hallo, langsam durchaus mit denen von Tanzlehrer Carlos messen konnten.

Helmut hatte es erwischt.

Endgültig.

Denn infiziert war er längst von dem Tanz der heißen Südamerikaner, der Männer, die noch Männer waren, welche Frauen, die noch solche waren, nahmen und aufs Kreuz legten. Damals, zu Zeiten der Einwanderer in Buenos Aires, als es zwar Frauenmangel gab, dafür aber umso zupackendere Typen. Wer einmal eine am Schlafittchen hatte, der ließ sie nicht mehr los. Die Frau fragen? Damals unüblich. Da hätte vielleicht sogar Helmut eine abgekriegt.

Aber in der heutigen Gesellschaft.

Wo die Frauen nicht einfach nur fleischliche Gebilde waren, die eine direkte Wirkung auf den Unterleib ausübten, nicht nur bereitwillig geöffnete Spalten, willig, einen aufzunehmen. Irgendeinen, solange er gut war und prall. Sondern wo an diesen rosafarbenen, zerklüfteten, von Hautlippen nur unzulänglich bedeckten Gebilden auf zwei Beinen auch noch ein Mundwerk klebte. Und was für eines! Megären, Amazonen, Kriegerinnen, hysterische Laut-Malerinnen im Sinne des Wortes, Hyänen, die die drei Buchstaben „Ich“ mit einer Anmaßung im Munde führten, die ihresgleichen suchte – das waren die weiblichen Wesen, denen Helmut in seinem bisherigen Leben begegnet war, und zwar ausschließlich.

Helmut stand vor dem Spiegel in seinem kleinen, aber edlen Badezimmer. Blaue, leicht aus den Höhlen tretende Augen blickten ihm entgegen. Wimpern, so kurz und so hell wie bei einem neugeborenen Baby und ebensolche Augenbrauen. Die Wangen seines sehr schmalen Gesichtes waren auf beiden Seiten eingefallen, bildeten je eine grässliche Hautkuhle, die Helmut durch allerlei Übungen vor dem Spiegel aufzuplustern versuchte. Minutenlang stand er oft da, blies Luft in seine Wangen, machte die Augen zu kleinen Schlitzen, die seinen Blick gerade so verschwimmen ließen, dass er eine vage Vorstellung davon bekommen konnte, wie er aussehen würde, wenn die Aufplusterung klappen würde. Doch nur, wenn er die Augen zu wirklich sehr kleinen Schlitzen verengte, zeigte sich in dem brutalen Glas eine einigermaßen weich gezeichnete Version seines Gesichtes, nur mit viel Fantasie, wie sich Helmut eingestehen musste.

Öffnete er aber die Augen, so sprang seine narbige, schlaff werdende Haut ihn an ebenso wie die immer nur einseitig funktionierende Wangen-Aufplusterung, Ich sehe aus wie ein

Hamster mit Zahnschmerzen, sagte Helmut sich, und dieser Satz durchfuhr seinen ganzen Körper, nistete sich in seinem Gedärm ein und wucherte dort, die kantigen Buchstaben nagten an seinem Inneren, streckten sich, verlängerten sich und bildeten Verästelungen in alle seine Blutbahnen. Wie ein Draht-Mann kam sich Helmut vor, ein von seiner Hässlichkeit geführter Roboter, ein hilfloser Frankenstein.

Wenn wenigstens sein Lächeln einiges wieder wettgemacht hätte. Doch sein Mund bestand aus von losem Fleisch umrahmten grauen Pferdezähnen, die dürren Lippen neigten zum Austrocknen, was immer wieder Hautfetzchen von ihnen herabhängen ließ, und wenn Helmut sie zu einem Lächeln spreizte, sah es aus wie das Zähneblecken eines bissigen Hundes.

Aber Haare hatte er! Haare, die sich in dunkelblonden Locken auf dem schmalen Kopf kringelten, ohne auch nur die Spur einer Geheimratsecke bloßzulegen. Haare, die er liebevoll mit Gel bearbeitete, die Löckchen mal hierhin, mal dorthin drapierte in der Hoffnung, sie würden von dem ausgezehrt wirkenden Rest des Kopfes ablenken. Auch mit Augenbrauen- und Wimperfärben hatte er es bereits versucht. Doch die Friseuse, diese entsetzliche, groß-

und weichbusige Schlampe mit dem sinnesverwirrenden Parfüm, die ihm immer wieder ihre Brustwarzen an den Rücken gelegt hatte, hatte den Farbton ein ganzes Stück zu dunkel gewählt, so dass Helmut wochenlang aussah wie ein Vampir. Die Bleichheit seiner Haut trat noch deutlicher hervor, die Narben schienen geradezu im Scheinwerferlicht zu liegen und der offensichtliche Kontrast zu seiner Haarfarbe machte ihn lächerlich.

Helmut hatte sich gerade rasiert, nackt vor dem Spiegel. Er nahm jetzt sein Rasierwasser zur Hand, die rosafarbene Flasche von Joop, ein Geruch, den er unwiderstehlich fand, und tropfte etwas davon auf seine Hand, dann rieb er es an den weißen Hals. Am Hals sieht man das Alter, sagte man von Frauen. Doch das musste wirklich nur für diese gelten. Ich habe einen Schwanenhals, fand Helmut. Nur leicht kringelte sich die Haut um den deutlich hervorstehenden Adamsapfel, ein Zeichen von Männlichkeit und vielen entsprechenden Hormonen, wie Helmut gelesen hatte. Geradezu eine Einladung, den Finger hineinzulegen, war die zarte, kleine Kuhle über dem Brustbein. Mangels anderer Hände tat Helmut dies oft selbst, streichelte sich sanft an dieser Stelle und spürte, wie sich weiter unten in seinem Körper etwas rührte. Wie schön musste es sein, nackt auf einem weichen Bett zu liegen, über sich das Baumeln zweier schwabbeliger Glocken und vielleicht noch auf seinem Bauch Feuchtigkeit, und dann lange rot lackierte Finger in seiner Kuhle zu spüren, genau dort gestreichelt zu werden, so lange, bis dort unten ein Mast entstand, der in der Feuchtigkeit andocken konnte.

Ein Traum. Nichts als ein Traum, zu dem er wichsen konnte und es auch oft genug tat. Jetzt verdrängte er diese Gedanken, um nicht schon wieder ein Wachstum auszulösen. Denn er hatte keine Zeit mehr, er musste zur Arbeit, zu seinem sehr einträglichen Job auf dem Patentamt.

Helmut stellte das Rasierwasser klackend auf die Glasablage, strich es sich noch auf beide Wangen und beugte sich etwas vor. Im Spiegel blickte er an sich herab. Oben herum war er sehr weiß, das musste er zugeben. Von der hellen Haut seines Oberkörpers blickten ihn zwei riesig wirkende Warzen seltsam an. Nur wenige und merkwürdigerweise jedes für sich sehr lang gewachsene, dunkelblonde Haare wuchsen um die Höfe und in der Mitte zwischen ihnen. Okay, damit konnte man niemanden beeindrucken. Aber immerhin, er war glatt und straff und bauchlos, die Arme zwar etwas dünn, dennoch hatte Helmut keine Figurprobleme. Und auch der da unten, sein bestes Stück, machte ihm absolut keine Sorgen. Aus einem beeindruckenden Busch aus dunkelblonden Locken hing er jetzt, sich gerade etwas festigend, doch Helmut stoppte gewaltsam alle dem förderlichen Gedanken. ER jedenfalls war einer der Schönsten seiner Art. Davon, wenn auch von wenig anderem, war Helmut überzeugt.

Helmut liebte es, in die Sauna zu gehen. Denn das war der einzige Ort, an dem er mit ihm repräsentieren konnte. An einen Nacktbadestrand wäre er auch gerne gegangen. Doch UV-Strahlung konnte seine Haut absolut nicht vertragen. In weniger als einer Stunde wurde er krebsrot, spätestens nach drei Stunden klagte er über Übelkeit. Das Fleisch seines kleinen, am Beinansatz bereits leicht hängenden Hinterns den bissigen Strahlen auszuliefern, war undenkbar. Er würde danach mit Sicherheit tagelang nicht sitzen können. Und wie sollte er dann über Patente im Bereich Mikroelektronik entscheiden können?

Solange er wiederum so weiß war, würde er es ohnehin am FKK-Strand nicht einmal wagen, splitternackt von seinem Handtuch zum Wasser zu laufen.

In der Sauna war das alles ganz anders. Dort war es üblich, mit einem Handtuch bewaffnet herumzulaufen. Das Prickelnde aber war, dieses unverhofft vor den Augen interessanter Zuschauer fallen zu lassen. Um unter die Dusche zu gehen. Um ins Kaltwasserbecken zu steigen – was mitunter dringend nötig war – oder um lässig ins handtuchlose Dampfbad zu schlendern.

In solchen Momenten baute Helmut voll auf den Effekt seines Schwanzes, der doch den Weibern ins Auge stechen musste, der von seinem Gesicht ablenken und alle seine Vorteile in einer Sekunde offenbaren musste. Es war auch durchaus schon vorgekommen, dass Frauen – allein anwesende sogar – einen beeindruckten Blick auf ihn geworfen hatten. Wenn Helmut dann jedoch mit einem Lächeln nachzufassen versuchte, sich mit oder ohne Handtuch unauffällig ins Gespräch bringen wollte, in der Getränkeautomatenecke unauffällig herumlungerte, um vielleicht einen Pappbecher Coke auszugeben – dann setzten die Damen plötzlich eine derart eisige Miene auf, dass er es nie gewagt hätte, auch nur den Mund aufzumachen.

Trotzdem, die Sauna war immer sein liebstes Feld gewesen. Hier konnte er sein Potenzial ins rechte Licht rücken und hoffen, wenigstens hoffen.

Eines Wintertages in der Kantine des Patentamtes – ein großer, silbriger Bau am Isarufer, umweht von Fahnen – kam das Gespräch aufs Tanzen. Tango argentino wolle seine Freundin jetzt unbedingt mit ihm lernen, berichtete Thomas und klang entnervt. Tanzen! Tango! Und das ihm! Er habe alles versucht, um darum herumzukommen. Er habe ihr sogar, und jetzt wurde seine Stimme für einen Moment besonders laut, angeboten, doch allein zu gehen. Thomas wollte seine Freundin allein gehen lassen. Wie tolerant er doch war. Alle hatten es gehört und in einer eigens vom Sprecher eingelegten Pause gewürdigt. Aber sie, fuhr Thomas dann endlich fort, habe sich geweigert. Denn die Eva habe ihr erzählt, zum Tango könne man als Frau kaum allein gehen, da herrsche ein eklatanter Männermangel.

Helmut schaufelte gerade eine Gabel voller fettiger Bratkartoffeln in sich hinein. Vielleicht würde er ja doch irgendwann noch mal ein wenig Fleisch auf die Rippen bekommen. Auch ein dickes Tiramisu hatte er sich aufs Tablett gestellt. Bei den Gesprächen der vier Kollegen an seinem Tisch hörte er nur halb zu. Jetzt aber war ein Wort an sein Ohr gedrungen, das ihn aufhorchen ließ.

Männermangel. Hatte Thomas tatsächlich Männermangel gesagt?

Helmut schluckte, richtete sich auf und schaute nach schräg rechts zu Thomas, der gerade wieder begann, Spaghettis auf die Gabel zu drehen.

„Und jetzt machst du also einen Tangokurs?" fragte Helmut.

Thomas seufzte.

„Es sieht verdammt danach aus. In zwei Wochen fangen wir an."

„Und wo?"

„In so einer Tanzschule am Ostbahnhof, ‚Baila Baila' oder wie sie heißt."

Männermangel. Am Abend loggte sich Helmut ins Internet ein, gab den Suchbegriff ‚baila' ein und erhielt unzählige Einträge. Er fügte das Wort ‚Tanzschule' hinzu und hatte Erfolg. „Baila baila, die Tango argentino Schule am Ostbahnhof. Neue Kurse im Januar."

Das Schlimmste im Tangokurs war der Spiegel. Er war riesig und erstreckte sich über die ganze Wand. Helmut sah darin das bleiche Oval seines Gesichts, das aus der Ferne aussah wie ein schmutziges Ei. Seine Narben wirkten wie Flecken, wie Striemen, wie Taubenschiss, ging es ihm durch den Kopf und er fragte sich, was eigentlich die anderen Menschen dachten, wenn sie ihn ansahen. Empfanden sie Ekel? Mitleid? Übersahen sie es? Fanden sie es gar nicht so schlimm? Konzentrierten sie sich auf seine ansehnlichen Seiten? Seine wirklich gute Statur, zumindest in der schwarzen Bundfaltenhose und dem dunkelgrünen Polohemd. Seine gut geschnittene, gepflegte Frisur.

„So, meine Lieben", riss eine Stimme Helmut aus seinen Betrachtungen. Die unförmige Traube aus Menschen beiderlei Geschlechts, die sich in dem großen Tanzsaal mit herrlich glattem Parkett gebildet hatte, wich auseinander. Man bildete einen etwas schiefen Kreis, faltete die Hände vor dem Bauch und schaute Carlos an, den groß gewachsenen, lächelnden Mann, der jetzt zusätzlich zum Erheben seiner Stimme in die Hände klatschte, um auch die Letzten zum Verstummen zu bringen. Helmut stellte sich so, dass er mit dem Rücken zum Spiegel stand.

„Willkommen in der Tanzschule Baila baila", sprach der schlanke Mann, der es sich in der Mitte des Kreises bequem gemacht hatte. Er hielt noch immer die Handflächen aneinander, ließ seine braunen Augen von einem zum anderen gleiten und drehte sich so millimeterweise um seine eigene Achse.

„Mein Name ist Carlos und ich leite gemeinsam mit Monique..." Bei diesen Worten drehte er sich um und schaute suchend über die Köpfe der Zuhörenden hinweg in Richtung CD-Spieler. Von dort trat jetzt eine lächelnde Frau mit Kurzhaarschnitt durch den Kreis. Carlos streckte den Arm lang aus und wartete, bis Monique ihre Hand in seine legte und sich noch zwei Schritte weiter führen ließ.

„....diese Tanzschule. Wir möchten..."

Monique blieb stehen wie eine lächelnde Marmorsäule, die auf den Knopfdruck wartet, der sie wieder zum Leben erweckt.

„Wir möchten, dass Sie Spaß an dem Tanz der Südamerikaner gewinnen, das hier soll nicht in Stress ausarten, den haben Sie im Büro genug..."

Ein kollektives Lachen der Zuhörer belohnte ihn.

„...der Tango argentino ist auch ein ganz einfacher Tanz. Im Grunde handelt es sich dabei um nichts anderes als um Gehen..."

Wieder lachte man, während Carlos dieses einfache Gehen vormachte. Mit gleichmäßigen, geraden Schritten bewegte er sich im Kreis herum. Moniques Hand hatte er dabei losgelassen, sie blieb stehen, wo sie stand und ließ ihren Arm brav an ihre Seite sinken wie eine Chorsängerin. Carlos ging eine Runde und fasste beim Beginn der zweiten Moniques Hand. Leicht zog er sie vor sich, weich wie eine Feder landete sie in der Tanzhaltung, ein sprachloses Wesen, das sofort die Füßchen in den typischen Tangoschuhen – vorne spitz, um die Fesseln ein Riemchen – in kecker Haltung nebeneinander stellte. Die rechte Ferse war dabei leicht vom Boden erhoben und das Bein angewinkelt. Sofort, als Carlos nun wieder einen Schritt ging, wich es rückwärts vor seinem zurück. Monique war sichtlich stolz darauf, dass sie sich so leichtfüßig führen ließ.

Was für ein Mann, dieser Carlos. Ebenmäßige Zähne bleckte er auf gewinnende Art, eine kleine Nase machte ihn ebenso sympathisch wie von schön geschwungenen Augenbrauen betonte, große Augen. Die Haare hatte er leicht links gescheitelt, ein sehr gerader Scheitel, der die vorne etwas längeren Haare in zwei Schwünge teilte, was wiederum seine hohe Stirn vorteilhaft betonte. Um die Ohren war die Frisur akkurat und epflegt, der Nacken sauber rasiert. Mit sicherlich voller Absicht ließ er immer wieder eine kleine Strähne herunter über die Stirn fallen.

Und vor allem: Was für eine Ausstrahlung! Eine einzige Runde war Carlos jetzt vor den blutigen Anfängern geschritten, hatte eine biegsame und schweigende Monique vor sich her geführt und schon den Eindruck vermittelt, dass er mit einem einzigen Fingerzeig Welten bewegen konnte. Und Frauen.

Sehe ich eigentlich wirklich so viel schlechter aus als dieser Carlos, fragte sich Helmut. Von der Statur her hatten sie Ähnlichkeiten. Beide waren eher dürr und hoch aufgeschossen, auch die ovale Kopfform war vergleichbar. Natürlich, die Fähigkeiten. Die Fähigkeiten, Tango argentino zu tanzen, unterschieden sie erheblich.

„Jetzt wird es dann ernst, meine Lieben", sagte Carlos nun.

Einfach gehen, im Kreisverkehr wie hintereinander herwatschelnde Enten, das war die erste Aufgabe, die dem Tanzkurs gestellt wurde. Wie dumm sie doch aussahen, dachte Helmut, wann immer er auf den Spiegel zuging, im Hintergrund aber hörte er Carlos' Stimme: „Ja, bravo, sehr gut, einfach entspannen..."

Ein lautes „Soooo“ unterbrach den Kreisverkehr, man stellte sich wieder in Lauschposition.

„Nun sind wir ja nicht hier, um uns dem meditativen, einsamen Schreiten zu widmen...“ sagte Carlos.

Lachen.

„Sondern wir wollen zusammenkommen, Paare bilden, sprich, Tanzen.“

Helmut spürte sein Herz plötzlich klopfen. Zum ersten Mal versuchte er, in der Masse der bisher vor- und hinter ihm Hergelaufenen Geschlechtsmerkmale festzustellen und bemerkte, dass offenbar alle anderen genau das Gleiche taten, denn auch er wurde gemustert.

„Sie haben ja alle einen Singlekurs gebucht, deshalb werden Sie sich nicht darüber wundern, dass es hier noch keine zueinander gehörenden Paare gibt...“

Lachen. „Stimmt’s?“

„Eine Ausnahme!“ rief eine kräftig gebaute Frau mit schwarzer Jeans, langem schwarzem Sweatshirt und Gesundheitsschuhen, neben der ein lang aufgeschossener, bebrillter Jüngling mit einer überdimensionalen Schuhgröße stand.

„Wir haben eigentlich den Paarkurs gebucht, aber dann gab’s Terminprobleme“, erklärte die Amazone.

„Ach ja, ich erinnere mich. Nun, leider werden Sie in diesem Kurs kein intensives Händchenhalten pflegen können“, sagte Carlos. „Hier heißt es Bäumchen wechsel dich, denn jeder soll hier jeden kennen lernen – und wer weiß, vielleicht finden sich zu guter Letzt ja auch ein paar neue Paare ... Das gilt natürlich nicht für Sie beide“, fügte er schnell in Richtung der beiden hinzu.

Lachen bei den Kursteilnehmern, betretene Miene bei der Gesundschuhträgerin, verständnisloser Blick bei ihrem Anhang.

„So, und nun schauen Sie mal neben sich. Sehen Sie dort Männlein oder Weiblein? Meine Herren, die nächste Dame gehört Ihnen, schnappen Sie sie sich.“

Der Jüngling mit den riesigen Schuhen schnappte sich seine Amazone, wie Helmut noch sah, und dann entstand ein Getümmel um ihn herum. Männer gingen nach links, Frauen nach rechts. Als Helmut sich umschaute, hatten alle sich bereits gefunden, nur er stand entwurzelt im Nichts.

„Hier fehlt noch ein Herr“, hörte er die Stimme von Carlos wie aus weiter Ferne, jemand zupfte ihn am Arm. Da entdeckte er ein weibliches Wesen am anderen Ende des Saales. Sie kam auf ihn zu und grinste. „Ich heiße Marianne“, sagte sie. „Helmut“, sagte Helmut.

„Sie werden sich nun gleich berühren“, sagte Carlos und genoss die nervösen Mienen. „Und Sie werden zusammen gehen.“

Helmut erinnerte sich genau an diesen ersten „Tanz“. Seine rechte Hand auf der kleinen Speckrolle einer Dunkelblonden, von der Haut darunter getrennt nur durch ein T-Shirt, die linke Hand schweißfeucht als Ablegeplatz für ihre fremden Spinnenfinger.

„Und der Mann geht“, hatte Carlos trompetet, „er geht dynamisch auf die Frau zu und die Frau geht mit.“

Von wegen! Helmut ging und seine Schuhspitze landete an Mariannes Schienbein, Helmut ging und sie machte ihre Beine nicht auseinander, Helmut ging und fühlte den Widerstand in ihren Spinnenfingern und ihr anderer Arm lag schwer auf seinem.

„Du sollst doch nicht genau auf mein Bein zu marschieren!“ sagte Marianne und Helmut sah, dass sie tiefe Krähenfüße um beide Augen hatte und ihre Lider hingen. Aus ihren wulstigen Lippen kamen noch mehr Mäkeleien.

„Carlos hat doch gesagt, einfach gehen. Aber du gehst nicht, du trittst aus.“

„Kannst du deine Schritte nicht ein bisschen einfühlsamer machen? Ich hab ja schon Angst vor deinen Schuhen."

Gott sei Dank gab es das Bäumchen wechsel dich. Doch als Carlos verkündete, man werde jetzt zur nächsten Dame weitergehen, hatte Helmut eigentlich bereits genug. Ihm graute vor einer neuen Hauttemperatur, die er auf seiner Handfläche spüren würde, vor einer neuen Art von Speckrolle unter einem Kleid, einem Augenpaar so dicht vor seinem und einem überdimensional erscheinenden Körper, der wie eine Aufforderung vor ihm stand und den zu bewegen ihm so schwer fiel als handele es sich um eine Dampfwalze.

Die nächste war dünn und viel kleiner als Helmut. Sie trug ein schwarzes, sackartig hängendes Kleid und flusige lange Haare. Ihren Kopf hielt sie dauerhaft etwas geneigt, als erwarte sie Schläge oder eine Ermahnung. Ihre Hand war noch zarter als die von Marianne und lag doch wie Blei auf seiner. Viele Schritte lang sagte sie gar nichts, sondern stakste vor Helmut her, den Blick gesenkt wie eine Nonne. Die Krise kam bei der ersten Kurve. Helmut ruderte mit seinen Armen und versuchte, ihre mitzunehmen, doch die Frau steuerte weiterhin in dieselbe Richtung und damit auf den Spiegel zu. Helmut sah seine spitze Nase in dem Glas und darunter einen Strich, seine Lippen, die er verkrampft zusammengepresst hatte. Seine und ihre Arme bildeten nun ein schiefes Viereck, im Spiegel sah Helmut, wie Carlos herbeistürzte.

„Schau mal“, sagte er zu Helmut und zog ihm die Frau mit einer Bewegung weg, die aus einer unerklärlichen Mischung aus Nachdruck und Sanftheit bestand. Er legte sie vor sich, seine Hand an ihrer Hand und seine Hand auf ihrem Rücken, und ging mit ihr und sie ging mit, um die Kurve geschmeidig wie ein Reh.

„Du führst nicht mit den Armen!“ ermahnte Carlos. „Sondern mit deinem Brustkorb. Dein Oberkörper bleibt immer parallel zu ihrem.“

„Das hab ich mir ja gleich gedacht“, hörte Helmut die Stimme der schwarz Gekleideten und sie klang rau und vertrocknet. „Ich wollte nur nichts sagen.“

17 Monate war das jetzt her, und Helmut dachte mit Grauen an diese Anfänge zurück. Nach jeder Tanzstunde hatte er sich gefragt, warum er sich freiwillig solchen Weibern auslieferte.

„Ich kapiere nicht, was du willst“, keifte Marianne. „Du kannst mich doch nicht so verbiegen, wie soll ich denn da in den Kreuzschritt kommen?"

„Du fängst die Ochos im falschen Moment an, ich stehe genau auf dem falschen Fuß", meckerte Sabine.

„Du musst dein Knie weiter öffnen, sonst kann ich keinen Haken machen", nörgelte Simone.

Kreuzschritt, Ochos, Ganchos, Boleos ... immer neue Figuren kamen hinzu, die man da unten mit den Füßen machen sollte, während man oben mit dem Brustkorb führte ... eine Kunst, die Helmut völlig unmöglich erschien. Immer größer wurde die Diskrepanz zwischen dem, was Carlos und Monique butterweich im Rund der staunenden Kursteilnehmer vorführten und dem, was Helmut im Spiegel sah. Einen Bären, der eine Karre schob. Eine vierbeinige Krake, die im Kreis stakste, und immer wieder verbissene, biestige Frauengesichter vor seinem.

Ein grauenhafter Meilenstein war die enge Tanzhaltung. Tango de Salon nannte sich das, und nun mussten sich wahrhaftig die Brustkörbe der Tanzenden berühren. Gleichzeitig legten die Damen ihren Arm um Helmuts Hals. Er hörte jetzt ihr Schnaufen.

Helmut war drauf und dran, die ganze Tortur zu beenden, nachdem er sich eines Tages beim Gancho zum fünften Male verheddert und seine Partnerin, – eine große Hagere mit Brille, flachen Schuhen und einem knielangen Rock, von Beruf Lehrerin – ihn entnervt weggeschoben und Carlos zur Hilfe gerufen hatte.

„Mit ihm kann ich das“, greinte sie, nachdem Carlos sie sanft, aber bestimmt durch einen perfekten Gancho geführt hatte.

Helmut musste fürchterlich dreinschauen, obwohl er in diesen Situationen nie etwas sagte, sondern versuchte, unter den Vorwürfen durchzutauchen wie unter einer Welle Abwasser.

„Komm, Helmut“, sagte Carlos und fasste Helmut aufmunternd an die Schulter. „Nimm halt ein paar Privatstunden.“

Ganz alleine mit Carlos in dem riesigen Raum, der schöne Mann in der Rolle der Frau in seinen Armen und sein elegantes Rasierwasser in Helmuts Nase. Die beiden waren ein beinahe harmonischer Anblick im Spiegel – zumindest dann, wenn Carlos nachgebessert hatte.

„Geh einfach durch die Frau hindurch“, sagte Carlos. „Brust raus, du weißt, was du willst. Du musst kompromisslos auf die Frau zugehen. Deine Schwingung wird sich auf sie übertragen."

Carlos als Frau vor sich, sein Brustkorb an seinem – endlich einmal ohne verwirrende Wölbungen – wenigstens eine Stunde lang konnte Helmut so die irritierende Aura des Weiblichen vergessen. Die seltsamen Augen und die verzogenen Lippen, die Spinnenhände und die Speckröllchen, die Massen aus feistem Fleisch und die plappernden Lippen. Er übte, nur noch an sich zu denken und an das, was Carlos ihm eingeschärft hatte. Seinen Weg zu gehen, ein cooler Typ zu sein, sich durchzusetzen. Ein Mann zu sein.

„Jetzt musst du aber mal zu einer Milonga kommen!" verlangte Carlos.

Ein Alptraum, der erste Tanzabend in freier Wildbahn. Der Unterrichtsraum hatte sich in einen riesigen Tanzsaal verwandelt, eine Zwischenwand war geöffnet worden und im Halbdunkel schwebten die Paare über das Parkett. Helmut war geblendet vom Können der anderen, der Elite der Langzeittänzer, in Horror versetzt durch die anwesende Weiblichkeit.

„Möchtest du tanzen?" müsste er jetzt wohl fragen und dann – oh, Gott. Hilfe suchend schaute er sich nach Carlos um, doch der war am CD-Spieler beschäftigt.

„Los, fordere eine auf, die sagen schon nicht Nein“, hätte Carlos ihm sicher geraten, wenn er sein Zögern bemerkt hätte.

Und wirklich: Sie sagten nicht Nein. Selbst nicht die, die um Klassen besser waren als die, mit denen Helmut im Tanzkurs konfrontiert war. Schlanke, schöne Frauen mit Röcken, die ihre Beine exponierten und mit Schuhen....Helmut verliebte sich in diese Schuhe, diese zarten Fesselriemchen, die um die Knöchel lagen und die eine Einladung zu sein schienen, diese Beine zu spreizen, das lächelnde, hübsche Gesicht unter sich zu sehen und einzudringen...

Sie sagten nicht Nein, aber sie sagten „Vielen Dank“ nach nur einem Tanz und sie ließen Helmut stehen, bis die ziegenhafte Marianne aus dem Tanzkurs zu ihm kam und ihn aufforderte. Oder die besserwisserische Lehrerin. Und wie gewohnt meckerte: „Streng dich ein bisschen an.“

Männermangel – der war Helmut noch nicht aufgefallen. Er sah Männer überall und zwar gut aussehende und aufrecht stehende, die immerzu eine Frau im Arm hielten und tanzten, oft stundenlang am Stück. Die wurden nicht stehen gelassen, die hatten keine Probleme, ihren Damen den Unterschied zwischen dem Haken unters Knie des Mannes und dem übers eigene Bein zu verklickern – etwas, das Helmut, da war er sicher, nie gelingen würde.

Dennoch – Helmut war infiziert. Da war etwas in diesem Raum bei diesen Milongas, das ihm in den Unterleib drang, da war ein Ehrgeiz, der in ihm erwachte, und allein der eine Tanz mit der wunderschönen Blondine, die ihn nach der ersten Runde stehen gelassen hatte, hatte in ihm einen Appetit erweckt.

Zu Hause in seinem Bad am Morgen ließ er all den Fantasien, die sich ihm am Abend auf der Milonga aufgedrängt hatten, freien Lauf. Er legte die Blonde mit ihren Riemchen-Schühchen unter sich und spreizte langsam ihre Beine. Sie lächelte ihn unablässig an, auch als er ihren Rock hochschob und die Strumpfhose zerriss und unter dem Stoff ihre blond bekränzte Höhle freilegte, sie lächelte und er wuchs und er schob ihn ihr rein, durch sie hindurch bis nach oben und er spritzte von innen in ihren lächelnden Mund. Zwischen ihren Zähnen trat von innen sein Sperma aus ihr hervor.

Erschöpft lehnte er sich aufs Waschbecken. Dann wischte er den Spiegel ab.

Milonga. Das hieß von da an: Joop und Haargel, neues Outfit – einmal erwog Helmut sogar Make up, um seine Narben...verwarf es jedoch wieder wegen der offensichtlichen Unmännlichkeit. Und Tangoschuhe! An Geld fehlte es Helmut glücklicherweise nicht. Er verdiente so gut, dass er leicht noch eine Frau hätte ernähren können. Die besten Tangoschuhe mussten also her, weiches Leder, das sich um die Füße schmiegte.

Immer wieder übte Helmut auch den Blick, den er bei anderen Männern entdeckt hatte. Kühl und unbeteiligt, als seien sie gar nicht zum Tanzen da, sondern ganz in sich selbst versunken. Darunter ließ sich das Herzrasen, das Helmut befiel, sobald er den Saal betrat, bestens verbergen.

„Nur Mut, nur Mut“, hörte Helmut Carlos sagen, zu dem er sich an den CD-Spieler gestellt hatte. Und dann eines Abends ließ er ihn sogar mit Evi tanzen, einer blonden Gazelle, die eine seiner Kurs-Assistentinnen war.

„He, Evi, tanz mal mit Helmut, er muss üben, was ich ihm in der Privatstunde beigebracht habe.“

„Aber gern“, flötete Evi und Helmut hätte sich am liebsten einen anderen Kopf aufgesetzt, bevor er sie berührte. Evi war eine Fee. Sie meckerte nicht beim Tanzen und stemmte sich nicht gegen seine Schritte, Helmut führte und sie folgte, sie machte sogar einen Boleo anstandslos.

Sie tanzte zwei Mal mit ihm.

Am nächsten Morgen legte er sie auf den Badezimmerboden, schob ihr schwarz glitzerndes Röckchen hoch und spreizte ihre Beine in den Netzstrumpfhosen. Sie streckte sie weit hoch, so dass ihre Riemchen-Schühchen über dem Badewannenrand schwebten. Sie hatte ihr feines Haar um ihren Kopf ausgebreitet und sie lächelte einladend. Sie ließ ihn in sich eindringen, so willig und sanft wie sie beim Tanzen gewesen war. Er spritzte eine Tonne in sie hinein, in ihrem Unterleib war nun ein Spermasee.

Helmut reinigte den Spiegel.

Thomas hatte das Traumhobby seiner Freundin schon nach einem Kurs beendet. Es hatte Streit gegeben, der nach jedem Unterricht zu Hause fortgesetzt wurde.

„Unsere Beziehung stand auf dem Spiel“, sagte Thomas. „Und das war es ihr dann doch nicht wert.“

Helmut dagegen avancierte zum Star der Kantinenrunde, indem er ein paar geschönte

Anekdoten zum Besten gab und ein paar Fachbegriffe einstreute.

„Und“, fragte Thomas und kaute an seinem Schnitzel.

„Stimmt das denn nun mit dem Männermangel?“

„Hmmmm“, machte Helmut. „Es gibt schon ein paar geile Weiber.“

„Also ich für meinen Teil“, sagte Peter, eingefleischter Single, „reiß meine Weiber lieber woanders auf. Da kann ich mir das Tanzen vorher sparen.“

Gestern jedenfalls. Gestern hatte es Klick gemacht. Ein hellblondes schlankes Wesen war am CD-Spieler aufgetaucht. Helmut hatte es sich nach dem Glücksfall mit Evi zur Gewohnheit gemacht, dort in der Aura von Carlos herumzulungern. Neuerdings wurde er gar von Evi und Monique, die ebenfalls immer dort waren, mit Küsschen links und rechts auf die Wange begrüßt.

Gestern also war dieses hellblonde Wesen aufgetaucht und hatte Evi und Monique begrüßt. Und ihm, der gleich einem Insider dort an der Diskothek lehnte, ebenfalls zwei Küsschen auf die Wangen gehaucht.

Seit seiner ersten Milonga hatte Helmut unzählige Tangueras gefickt. In seinem Badezimmer am nächsten Morgen. Jeden Abend wählte er sich eine aus, deren Kleidung und Körperformen er sich einprägte, ihre Haarfarbe und ihr Lächeln. Am Morgen – er liebte die Perversität der Helligkeit und das Frauenfleisch auf den kalten Kacheln – stellte er sie sich vor und spritzte sie voll, mal hierhin, mal dorthin. Mitten auf das lächelnde Gesicht, das weiter lächelte, während das Sperma von den Lippen rann. Auf die über den BH geklemmten Titten. Auf den Bauch. Manchmal wollte er auch ihren Arsch. Dann beugte er sie sacht über den Badewannenrand, spreizte die festen Backen und zielte auf das schrumpelige, kleine Loch.

Evi und Bea und Patrizia und Marga und wie sie alle hießen, die zur Tango Szene gehörten, hatte er gehabt. Manche immer wieder, bis sie ihn langweilten. Dann ließ er zwei gleichzeitig auftreten, sie sich nebeneinander über die Badewanne beugen und zwei Ärsche riefen nach ihm. Den einen spreizte er mit der Hand, den anderen mit seinem Schwanz und ab ging die Post.

Alle begehrenswerten und schönen, Frauen, vielleicht mit einer gewissen Tendenz zu Blondinen, die tatsächlich immer wieder mit ihm tanzten, hatte er gefickt. Weggelassen hatte er die Zicken vom Anfängerkurs, obwohl diese auch alle inzwischen Tangoschuhe besaßen und sogar hin und wieder in Röckchen aufkreuzten.

Gestern jedenfalls, gestern war da Stefanie gewesen. Stefanie, ein Wesen im schwarzen, durchsichtigen Rock, der knapp ihre Knie bedeckte, darunter jedoch sichtbar ein sehr kurzer Minirock. Oben herum ein schwarzes Spaghettiträgerteil, aus dem die BH-Träger lugten. In Rot. Teuflisch.

„Das ist Helmut“, hatte Evi ihn vorgestellt und Helmut hatte unverhofft ein über ihn rieselndes Lächeln geerntet. Ein paar Sekunden hatte er gezögert, nachdem sämtlicher Smalltalk erledigt war, und er hatte seinen Pulsschlag ansteigen gefühlt. Dann aber hatte er sie aufgefordert und sie hatte Ja gesagt. Und sie hatten getanzt. Nicht ein Mal. Nicht zwei Mal. Viele Male. Stundenlang. Helmut war durch ungeahnte Gefühlszustände geschwebt, hatte im Vorübersegeln den wohlwollenden Blick von Carlos aufgefangen und dann, in der Kurve, hatte es Klick gemacht. Klick, und er war nicht länger ein staksiger Körper, der versuchte, nach Tango Melodien zu gehen, nein, er WAR der

Tango selbst, er war eins mit dem Rhythmus, eins mit dem weinenden Bandoneon und eins mit ihr, der hingegossenen Blondine namens Stefanie, die – er hatte es im Spiegel genau gesehen – das Tanzen mit ihm bis zum Äußersten genoss, die Augen geschlossen hielt und sich von ihm wegtragen ließ – wegtragen, wohin auch immer er wollte.

Bis zum letzten Tango klebten sie aneinander, zusammengeschmiegt und schwebend. Dann waren sie benommen, und die Musik war aus.

„Kommst du am Samstag wieder?“ hörte Helmut sich fragen.

„Ja, gerne“, sagte Stefanie. „Mit dir zu tanzen ist wirklich wunderschön.“

Er fickte sie nicht. Nein, Stefanie würde er unangetastet lassen. Jedenfalls in seinem Badezimmer. Er wichste überhaupt nicht an diesem Morgen, er ließ den Druck auf sich beruhen, schaute sich ins Gesicht und lächelte sich zu.

Der Samstag kam und der Dienstag und der Freitag und der Samstag. Und Stefanie war da und Helmut forderte sie auf und sie tanzten und schwebten und schmolzen unter der jammernden Musik wie Käse in der Sonne. Und Helmut hörte auf, zu fragen, ob sie käme, denn sie kam immer und man traf sich am CD-Spieler bei Evi und Monique und Carlos und Bussi bussi und Smalltalk und „Tanzt du?“. Nein, Helmut brauchte nicht einmal mehr Worte, um Stefanie zu bekommen. Er schaute sie an und legte ihr seine Handfläche hin und sie legte ihre wunderschönen, zarten Finger hinein und ließ sich von ihm auf die Fläche führen. Und die Wochen gingen ins Land und Helmut und Stefanie tanzten und tanzten, viele Stunden lang, und sie machten eine immer bessere Figur. Helmuts Ansehen stieg von Milonga zu Milonga. Immer mehr Frauen aus dem Dunstkreis von Carlos und Monique hielten sich in seiner Nähe auf und ließen sich zu der Frage herab: „Wollen wir mal...?“

In diesen Tagen warf Helmut einen Blick zurück und er sah, dass es gut war, dass er damals, nach dem Desaster mit der Lehrerin, nicht alles hingeworfen hatte. Und morgens vor dem Spiegel konnte er trotz der krassen Helligkeit kaum mehr eine Narbe entdecken, sondern er sah nur seine Augenbrauen, die doch einen galanten Schwung hatten, und er legte den Kopf schräg und lächelte sich zu und die Zähne blitzten und dann wechselte er die Mimik, schaute sich ganz ernst und männlich ins Gesicht und er wusste:

Schönheit bei einem Mann ist nicht wichtig, Schönheit bedeutet da etwas ganz anderes, Schönheit ist Mann sein.

Der Druck in seinem Unterleib war zwar nach drei Tagen fast unerträglich geworden, doch wie durch einen magischen Zauber waren alle Tangueras plötzlich zum Tabu geworden. Er konnte sie nicht mehr in seinem Badezimmer missbrauchen, nein, nicht diese netten Wesen, die es so gut mit ihm meinten, ihm zarte Küsschen auf seine eingefallenen Kuhlen hauchten, sich an seinen Hals schmiegten und ihm nachfolgten, wo immer er sie hinführte. Helmut registrierte ein neues Gefühl: Er liebte sie, ja, er liebte Frauen, diese Frauen. Er liebte sie dafür, dass sie ihm folgten Schritt für Schritt, dass sie ihm gehorchten und sich führen ließen und auf jeden von ihm ausgeübten, noch so sanften Druck wie biegsame Feen reagierten.

Helmut spürte eine ungekannte Power in sich wachsen, eine Zielstrebigkeit, die aus den Lenden kam, ein Führungspotenzial, das ihn über die Tanzfläche schreiten ließ wie einen Gott. Mit dem Brustkorb führen, ha! Helmut hatte längst, auf den verschlungenen Wegen über die Tanzfläche, in seinen Armen immer schöner werdende Frauen aus der In-in-Group der Tango-Szene, seine eigene Wahrheit erkannt: In Wirklichkeit, so teilte ihm sein Körper mit, führte er die Frauen mit seinem ausgefahrenen Glied, seinem Speer, der sie aufspießen würde wie Schmetterlinge, alle, irgendwann.

An so viele Tage ohne Wichsen konnte Helmut sich überhaupt nicht erinnern. An manchen Abenden fühlte es sich so an, als ob das Wimmern der Tangomusik und das zarte Anlehnen von Stefanie an seine Wange jeden Saft aus seinem Stab gesaugt hätte. Er schien sich gemütlich zu krümmen und in seinem Hosenschlitz zusammenzukauern. Helmuts Gesicht dagegen fühlte sich dann plötzlich durchblutet an. Er lächelte und säuselte, er wurde zum Zwitter zwischen Weiblichkeit und Weiberheld, indem er einfühlsam auf den Rhythmus der Frauen einging, plauderte, nachfragte, neue Röcke lobte und Fortschritte beim Tanz. Er fühlte sich aufgenommen im Innersten der Szene, geduldet, nein, nicht geduldet, sondern erwünscht in unmittelbarer Nähe der Schönsten der Schönen. Wenn das Matze gesehen hätte, der Horror seiner Schulzeit, der Boss der Größten an der Schule, der ihn niemals auch nur in seine Nähe gelassen hatte.

An vielen Morgen allerdings wachte er auf und eine penetrante Latte rief nach ihm und vor dem Spiegel konnte er sich aufs Rasieren so gut wie nicht mehr konzentrieren.

Er ignorierte sie.

Der große, heiß geliebte Tango-Workshop auf Schloss Elmau. Ein sündteures Vergnügen, das nur wenige in der Szene sich leisten konnten. Helmut dachte nach. Drei Monate lang tanzte er jetzt intensiv mit Stefanie, sie lobte ihn nach wie vor über den grünen Klee. Er würde sie einladen, mit ihm nach Elmau zu kommen. In ein Doppelzimmer?

Wann aber war der richtige Zeitpunkt, um solch ein Angebot zu unterbreiten, fragte er sich des Morgens vor dem Spiegel. Sein Schwanz drängelte und drückte, doch Helmut kümmerte sich nicht um ihn. Du wirst deinen Lohn bald bekommen, sagte er zu seinem Anhängsel. Gib endlich Ruhe. Vielleicht sollte er Stefanie vor der nächsten Milonga zu einem kleinen Essen einladen. Vielleicht könnte er auch nach dem Tanzen mit ihr noch etwas trinken gehen? Oder sie nach Hause fahren und im Auto fragen?

„Ach, ich würde wahnsinnig gerne nach Elmau fahren“, seufzte Stefanie unverhofft eines

Abends im kleinen Grüppchen an der Disko. Helmut schreckte auf. Das war ein Wink des Schicksals. Was tun? Wenig später schwebten sie über die Tanzfläche.

„Stefanie“, zwang sich Helmut während des Tanzes zu murmeln.

„Du möchtest doch so gerne nach Elmau fahren. Ich würde dich gerne einladen.“

Stefanie rückte kurz von ihm ab und kam aus dem Takt. Ein anderes Paar hätte sie fast gerammt. „Lass uns erstmal tanzen!“ sagte sie daher schnell und sie ordneten sich wieder ein.

Später, als es in Helmut unablässig pochte in Erwartung einer Antwort, brachte sie das Gespräch auf alles Mögliche, aber nicht mehr auf Elmau.

Doch am nächsten Tag klingelte Helmuts Telefon.

„Hast du Zeit, mit mir einen Kaffee trinken zu gehen?“ fragte Stefanie.

„Na klar“, sagte Helmut und sein Herz klopfte zum Zerspringen. Es war soweit! Sein Bester und er waren kurz vor dem Ziel, die lange Enthaltsamkeit hatte sich gelohnt. Helmut warf noch einen kurzen, siegessicheren Blick auf das Anmeldeformular und die Preise für Doppelzimmer und rückte mit einem Griff seinen halbsteifen Schwanz zurecht. Er machte sich frisch, tupfte etwas Joop auf seinen Schwanenhals und verließ das Haus.

Stefanie erwartete ihn an der Bar des kleinen Weinbistros gleich um die Ecke. Sie sah wundervoll aus. Weich und sanft und hingebungsvoll, genau so, wie sie auch war, wenn sie in Helmuts Armen lag und sich seiner Führung anvertraute.

Zuerst drehte sich das Gespräch um alles Mögliche. Den Tango im Allgemeinen, die Münchner Szene, die Schwierigkeiten des Lernens, den allgegenwärtigen Wunsch, nach Buenos Aires zu fahren. Ich werde sie dorthin einladen, beschloss Helmut, während er sich in ihre Augen vertiefte und mit seinem Blick ihre zarte Haut streichelte. Wir werden mit einem Schiff hinüberfahren. Drei Wochen dauerte die Überfahrt, er hatte sich bereits erkundigt. Sie würden die teuerste Kabine nehmen – kein Problem für Helmut. Sie würden in der netten kleinen Tango-Pension wohnen, die erst jüngst eine in der Szene Bekannte gegründet hatten, und jeden Abend zur Milonga gehen. Für den Rückflug würde er die Erste Klasse buchen. Fast hätte er vor lauter Plänen überhört, was Stefanie sagte.

„Helmut". Ihre Stimme ging am Ende des Wortes etwas hinunter, so als sei sie traurig oder deprimiert. Das bräuchte sie nicht mehr lange zu sein, denn er würde für sie sorgen, er würde ihr Leben in die Hand nehmen, sie auf Rosen betten.

„Es war wahnsinnig lieb von dir, mich nach Elmau einzuladen."

Helmut lächelte großzügig.

„Ich würde das auch unglaublich gerne machen."

Aber sie hatte Skrupel, das Geschenk anzunehmen. Nun, die würde er ihr nehmen, das war doch wirklich kein Problem.

„Aber Helmut", sie spielte nervös mit ihren Fingern, „Ich fürchte, dass bei dir etwas anderes dahinter steckt. Und bei mir eben nicht. Ich...ich will nichts weiter von dir, ich kann die Einladung nicht annehmen. Sei mir bitte nicht böse, aber ich will wirklich nur mit dir tanzen."

Am nächsten Morgen fickte er sie.

Wir sind verabredet. Für den 28. Mai. Er. Sie. Und ich.

Das Datum steht fest, heute genau in einer Woche. Es ging alles sehr schnell. Er hat es sich gewünscht. Ich habe es ihm erfüllt. Ohne Zögern. Sie war sofort einverstanden.

„Was ist er für ein Typ?“ hat sie gefragt.

„Ein sehr netter“, habe ich gesagt. „Ich kann ihn mit gutem Gewissen empfehlen.“

Sie haben telefoniert. Ein gewisser Funke ist bereits übergesprungen.

Es ist ein herrlicher Sommertag heute. Doch die Luft ist knapp, man kann sie nur durch einen Strohhalm atmen.

Vor 20 Jahren saß ich an einem leeren Tisch vor einer Eisdiele in G.. Die Menschen poppten aus dem Boden wie Figuren eines außer Rand und Band geratenen Flipperspiels. In immer schneller werdendem Tempo vermehrten sie sich, rund um den Platz an der Eisdiele, in der Stadt, im ganzen Land, in allen Ländern, und bis an den Rand der Weltkugel. Der Boden des sorgsam gepflasterten Platzes legte sich schief, er kippte, mein weißer Metallrohrstuhl rutschte langsam auf den Abgrund zu.

Ich sprang auf. Die Straße, die Häuser, den Weg beachtete ich nicht, während ich rannte.

Ich sah nur das Ziel, am Ende der Stadt. Und wenige Kilometer dahinter: Sie. Meine Mutter.

Daheim in unserem Dorf, daheim in unserem Haus.

Ich betrat meine Wohnung, in der es keine Luft gab. Ich riss das Fenster auf, doch nur Autolärm brandete herein. Ich rief sie an.

Ich habe Angst, meine Wohnung steht nicht mehr sicher, unser Haus schwankt, der Baum vor meinem Fenster hat Nebelarme. Ich kann meinen Job in der Klinikküche nicht mehr weitermachen. Die heißen Tassen springen mir ins Gesicht, die Hitze erdrückt mich. Die Nachbarin über uns hat ein Messer in der Hand, ihr Mann ist blind.

Wenn ich aus dem Fenster schaue, zerfließen die Ränder des Asphalts, das Glas des gelben Autohauses splittert, die Luftpartikel kennen mich nicht mehr. In meinem Brustkorb stehen Abgase, mein Kopf hat sich vom Körper gelöst, er schwebt unter der Decke, blutige Fetzen hängen aus ihm heraus. Die Lampe ist stromverseucht, in mir platzt ein Ei. Die Zimmerecke spießt die Ampel auf, an der unablässig Autos anhalten und abfahren, anhalten und abfahren, tagsüber als laute, röhrende Schlange, nachts als dicke fette Käfer mit dem Doppler-Effekt.

Mama! Das kleine blaue Sofa, das ich aus meinem Kinderzimmer mitgenommen habe, mit den kratzigen, dicken Flusen – es schwebt in der Luft. Darauf saßen wir vorgestern, er und ich, und er hat gesagt: „Bald sind wir zu dritt."

Aber heute schwimmt mein Bauch in einem Blutmeer, und das Blut nimmt meine Hirnflüssigkeit mit aus mir heraus. Wir haben versucht, Sex zu haben, gestern, er und ich. Wir haben das Bett an der Wand voller Blut geschmiert, sein Schwanz war hart wie der eines arabischen Esels. Er ist Araber, du weißt es. Im Zimmer ist Karins Körper geschwebt. Karin. Sie war nackt. Unter der blonden Pagenfrisur lächelte sie und ihr Schamdreieck war mit mittelblonden Löckchen bedeckt. Ihr Lächeln und ihre Löckchen, die das zarte, sanfte, hautige Knöpfchen zwischen den weichen Lippen bedeckten. Karin rief mich, lockte.

Der Eselsschwanz stocherte in meinem Blut.

Es vermehrte sich, riss mir das Innerste heraus. Karin. Ich drehte sie um, beugte sie nach vorn. Sie präsentierte mir ihren Arsch. Ihr Loch spaltete sich, und ihre Flüssigkeit floss direkt in meine. Ein Fädchen war an meine Klitoris gebunden, jemand zog sie daran nach oben. Seine Haare waren schwarz, flogen in meinen

Mund und verursachten Hustenreiz.

Rund um unser Haus liegen nur Nebelschwaden. Sie kleben an mir und ziehen mich in alle Richtungen. Mama! Hilf mir doch.

Du bist metallisch geworden, so wie du antwortest. Du hast eine Ritterrüstung an. Deine Stimme klingt wie die des Mädchens im „Exorzist“, das den Stiel des Kruzifixes zwischen den Beinen hat. Was sagst du? Nein? Du kennst solche Gefühle nicht? Wir müssen zum Arzt gehen? Mama!

Deine dicken, blonden Haare kitzeln mich in meinem Gesicht, deine Hautlappen legen sich auf meine. Es ist alles gut, sagst du, es wird alles gut, du stirbst ja nicht. Ich liege in die Bettröhre gesteckt, die von dir aufgeschüttelte, dicke Decke über mir. Du sitzt am Bettrand, dein Mond leuchtet auf mich herab. Die Lampen sind fremd, gleich werde ich mit ihnen und meinem Schrank wieder alleine sein.

Viel später sind meine Beine unter der Bettdecke hervorgewachsen, ich friere. Ich wache nachts auf, und mein Zimmer schwankt, ich schaffe es die Treppe hinunter durch die quietschende Schlafzimmertür.

Neben deinem heißen Körper gibt es Aufschub. Von der unheilbaren Krankheit, an der ich leide. Syphilis. Harter Schanker. Ich bin fremdgegangen, habe dich betrogen. Der Eimer, in den ich neben dem Bett kotze, ist aus Plastik, deine flache Hand auf meiner Stirn. Klackend fällt der Metallhenkel auf den Eimer herab. Dein Mitleid überwältigt mich. Dick wie eine Gummipuppe schläft der Vater neben uns. Sein Atmen macht mich high.

Mama, draußen vor meiner Wohnung liegt eine ganz fremde Helligkeit. Sie ist vergilbt und sie ist luftlos und sie lässt den Baum tanzen wie einen Gnom im Moor. Die Besucherritze war hart und weich zugleich, eine Spalte genau unter meiner Spalte. Zu euren Füßen stand einst mein Kinderbett, umwallt von kühlen, glatten Vorhängen, jedoch nicht schalldicht. Manchmal nachts tatet ihr euch zusammen und flogt als vierbeiniges, vierarmiges Wesen aus dem Raum. Was macht ihr da, fragte ich keck in die dunkle Luft. Streitet ihr euch wieder. Mir wurde übel.

„Sie ist schon geil“ hat er mir geschrieben. Ich glaube, sie möchte auch dominiert werden, aber nicht so sehr wie du.

Sie geil, ich weiß. Hab sie schon geil gesehen. Stöhnt dann sehr aufsaugend, wie unersättlich, ihr Orgasmus ist feuchter Schweiß auf ihrer Haut. Sie geil. Habe schon gesehen. Nicht oft. Habe mich oft in sicherem Abstand gehalten. Sie geil. Was passiert in ihr, wenn sie geil? Was will sie? Was will sie von ihm? Was will sie von mir? Auch auf ihrer Skala müssen wir ein Bild sein, er und ich.

Als ich sie im Biergarten gefragt habe, ob sie mit uns kommt, hat sie mir die Geschichte von Petra erzählt. Petra und Rosi und Rosis Mann, und er hat sich in Petra verliebt. Zufall, diese Geschichte? Drohung? Warnung? Sie. Eine warme, saugende Fotze, triefend und wollend. Sie ist schon geil. Sie wird ihn mit ihrem Saft beschmieren. Er wird mich vor ihr demütigen. Er. Muskelpakete und Weichheit. Weichheit durch Schweigen. Wird er mir wehtun? Werde ich sie ermorden?

Wir wollen zusammen Schwimmen gehen. Zusammen die Wogen über unseren Köpfen zusammenschlagen lassen. Eintauchen und einander vergessen. Einander vergessen?

Soll ich Valium nehmen, um sie nicht zu sehen? Früher stahl ich meiner Mutter die Valiumtabletten aus dem Schrank, ich bewahrte sie in einer bunten Dose auf. Immer, bevor ich runterging und mich zu ihnen an den Fernseher setzte, nahm ich eine. Bis meine Mutter die Tabletten fand und sie entsetzt vernichtete.

Sie nicht sehen. Sie geil. Und plötzlich poppt sie hoch, und das Hotelzimmer bricht über uns zusammen, der Boden legt sich schräg wie bei einem Erdbeben und ich rutsche hinab, während sie aneinander festkleben, ineinander verschränkt.

Was passiert, wenn er in sie eindringt? Er geil in sie geil. Ich...? Sie eng um ihn hart. Ich leer. Sie nass und er nass. Sie schließt die Augen, stöhnt, er bleibt ruhig beim Orgasmus, sie wimmert. Sie wimmert oft. Einmal, zweimal. Was passiert bei ihr? Ist sie ihm dankbar? Zieht sie ihn in sich hinein? Wird er mich vergessen?

Um meinen Hals liegt ein Seil, jemand führt mich daran durch den Tag. Ich wage mich kaum zu bewegen, wage nicht, mich zu rühren, es liegt eng an und zieht sich zu. Stört es sie? Sie und ihn? Bemerken sie, wenn ich nicht mehr da bin? Existiere ich noch?

Ihre Brustwarzen stehen hoch, sie liegt auf dem Rücken, ihre Haut ist bräunlich. Sie sabbert. Sie öffnet den Mund. Das war sein Wunsch. Ich möchte ihn ganz tief in eine hineinstecken. Dein Mund ist zu klein dafür. Er darf jetzt, sein Hinterbackenfleisch vibriert, er bewegt sich sacht, er schiebt ihn zwischen ihre Lippen. Er.

Sein Wunsch.

Er und sein Wunsch haben mich bewegt, Ja zu sagen. Ich werde zu allen seinen Wünschen Ja sagen. Ganz gleich, was sie sein werden. Dies tun und das nicht. Dies lassen und das zulassen. Er. Er soll wachsen und überdimensional werden, ihn will ich aufblasen, auf dass er mich umgibt.

Sie. Ich will sie nicht dabei haben. Ureigentlich nicht. Ich will einen Corpus dabei haben, ein zweites Loch für ihn, eine gefühllose Weiblichkeit, die uns zur Verfügung steht. Ein Porno-Wegwerf-Weib, ein Nichts, eine Niemandin. Er soll ihren Namen vergessen, während er auf sie spritzt, er soll sie aus dem Fenster werfen. Und ich will in ihm versinken.

Sie wird bleiben, ein Gewicht an meinem Herzen sein, er wird das Seil um meinen Hals langsam zuziehen und es nicht bemerken. Was werde ich tun, kurz bevor die Luft weg bleibt? Was kann ich tun? Was kann ich tun, wenn sich langsam die Lifttür schließt, ich hinabfahre in die Hölle aus dem 19. Stock, in dem wir unser erstes Rendezvous hatten, er und ich?

Es gibt die obere Etage. Den Ausblick auf die Münchner Frauentürme, das Durchatmen, die ferne Weite. Es gibt die Weite, die zwischen die Beine sinkt, die mich hochhebt auf einen Watteball, der in seiner Mitte vibriert. Es gibt das Herz-lose Prickeln des Nur-Unterleibs, das Du-kannst-mich-mir-nicht-nehmen Umeinander-Herumfliegen. Das Körper-Scooter Ichstoßdichan, die nur spaßige Provokation, Lebenslust, Seelenabgrund-Ferne. Gelb sein, hell sein, prall und sonnig, feucht und da und wegfließend wie das Boot auf dem Strom, ohne Untergehen. Es gibt die Tür in der Körpermitte, die Herz und Möse trennt, die Schweres bewahrt, am richtigen Ort behält, nicht die Poren zur Nässe verstopfen lässt.

Er.

Sie.

Ich.

Er. Zweimal Hingabe, zweimal offenes Loch. Zweimal Einladungs-Vor ihm Knieen. Zweimal Offenheit. Die Wahl haben. Vier lächelnde Brustwarzen. Einen Finger links, einen rechts. Energiefortpflanzung Möse-Mund-Möse, mit einem Stoß beide durchrütteln, Verdreifachung prickelnder Existenz. Sie und sie aufeinander hetzen, sie um die Wette lecken lassen. Sich entspannt zurücklehnen, zweimal Anlehnung genießen.

Was mache ich mit dem Messer in meiner Brust, mit den Mordgedanken? Ich hasse ihre Gegenwart, ihr Licht, das auf ihn fällt, ich möchte es vernichten. In meiner Gebärmutter regt sich Widerspruch, auskotzen möchte ich sie, sie und ihn, als Paar. Sie voller Wut von ihm wegficken, ihn isolieren von der Welt und mich mit. Ihn blind für alle Frauen machen außer mir. Seine schweigsame Liebe soll nur mir gehören. Wen soll ich hassen dafür, dass wir das tun werden? Ihn? Oder sie? Alle beide? Oder mich? Meine Möse, die nass wird bei der Vorstellung, durch diese Tür zu gehen, in das Zimmer, wo es stattfinden wird? Sein harter Schwanz soll nur mir gehören, im Angesicht ihrer Spalte versagen. Sie ist schon geil. Ich hasse dich, M., von Herzen, zutiefst. Jedes Wort deiner E-Mail, vor allem das „uns", weil du nicht uns gemeint hast, sondern dich und sie. Uns! Ihr seid kein Uns, sollt kein Uns sein. Wir drei sollen kein Uns sein. Ich hasse ihre blonden Haare, ihre allumfassende Weiblichkeit, die nur Hohlheit ist, ein leerer Leib. Die Unberechenbares in sich trägt, die dich mir wegnehmen will. Uns! Nur du und ich, wir sind uns! DU. Und ICH.

Ich kann aussteigen. Immer noch. Aus allem

aber dann. Du duldest keine Zickigkeit. Ich gehöre dir. Du erlaubst mir die unglaublichsten Dinge. Es ist an der Zeit, dir etwas zu erlauben. Ich will, wirklich, ich will. Wenn mein Körper mir nur gehorchen würde, und mein Seelchen.

Sie.

Sie ist gut zu mir. Sie ist eine Freundin. Sie ist ein Kumpel. Für jeden Spaß zu haben. Auch für diesen. Sie hat keine Probleme mit Sex. Besser als viele Frauen. Sie kann über ihre Gefühle reden. Eine authentische Frau. Manchmal stellt sie die Gefühle ein bisschen zu sehr in den Vordergrund. Doch es ist erträglich. Sehr erträglich. Sie leidet oft. Unter den Männern, dem einen. Sie fühlt sich einsam an Sonntagen, wenn er bei seiner Frau ist. Sie hat auch Ja gesagt, weil sie ihm nicht mehr treu ist. Sie wird es ihm nicht sagen, frühestens hinterher. Sie will ihr Leben im Griff haben, wie wir alle, wir alle drei. Sie will etwas erleben, ein Abenteuer, Aufmerksamkeit. Sie will begehrt werden, penetriert. Schwach gemacht werden. Vielleicht ihrer Freundin nahe kommen, näher, als es bisher möglich war. Auch weil ich mich zurückgezogen habe, Scheu vor ihrer Nässe hatte, ihrem Schweiß. Zuschaute. Weil ich Angst vor dem Durchweichenden des Weiblichen hatte, vor ihrer Power und ihrer Potenz und ihrer Unersättlichkeit. Sie ist schon geil. Ganz sicher. Ganz ohne Zweifel. Sie ist immer geil. „Ich könnte zehn Mal hintereinander", sagt sie. Ich nicht.

Ein einziges Mal ist ein Triumph über die Last, die ich bei mir trage. Ein einziges Mal ist so schwer zu verkraften, der dadurch erwachsende Abstand zwischen ihm und mir. Schwer sich zu verzeihen. Das Weggehen, das ganz Bei-sich-Sein, das Undankbarste, was man einem liebenden Menschen antun kann. Das Schmerzendste, fast wie eine Beerdigung.

Hat sie auch Angst?

Etwa er?

Wir werden an viele Kreuzungen kommen am 28. Mai. Es wird immer wieder Entscheidungen geben. Wer mit wem was. Ich werde die wenigsten davon treffen. Äußerlich. Doch es werden Rollenwechsel stattfinden, äußere und innere. Es wird eines der leichtesten Dinge sein, alles zu zerstören. Ihn aus der Rolle zu bringen. Ihm seine Macht zu nehmen. Es wäre kein Verdienst. Es wäre Spielverderben. Man muss auch verlieren können, notfalls.

Jeder trägt seine Verantwortung. Auch für das Wohl der anderen. Vor allem für das.

Ich.

Wie eigentlich bin ich? Für sie? Für ihn? Meine Marotte, schwach sein zu wollen. Mich an den großen, starken Mann anzulehnen. Ihn auf einen Pfad zu bringen, auf dem ich es vielleicht selbst nicht aushalte. Meine alberne Kindlichkeit, meine verlogene Leichtigkeit. Mein großes Mundwerk, wenn es um Sex geht. Meine Schnodderigkeit. Natürlich machen wir das, klar, ich bin dabei. Und in Wirklichkeit die Mordwaffe im Keller. Meine Unverschämtheit, diese beiden Ahnungslosen mit mir in ein Zimmer zu sperren, sie mir und meinen unberechenbaren Launen auszuliefern. Eine Freudin zu fragen, ob sie sich mir ans Messer liefert! Einem Mann gegenüber brav zu tun! Zugleich meine finsteren Gedanken durch den Körper rasen zu lassen, ihnen beiden, einer so unbeteiligt wie der andere, die gemeinsame Verantwortung für das zu geben, was wir alle entschieden haben zu tun. Meine angebliche Geilheit, hinter der ich nur allzu oft frigide bin. Mein Egoismus, bloß nicht verletzt zu werden. Mein Narzissmus: Die Angst, man sieht mich nicht.

Meine globale Unfähigkeit, loszulassen. Mein bösartige Weigerung, aufzufangen. Mein grenzenloses Nehmen ohne zurückzugeben. Meine Grundsatzlüge allein durch meine Rolle. Meine Fass-ohne-Boden-Mentalität. Meine irrsinnige Horror-Psychologie. Ich bin eine Zeitbombe, warum lassen sie sich mit mir ein? Ich mache falsche Versprechungen, ich sauge Menschen aus. Dabei bin ich ein Gefäß, aus dem die Menschen trinken sollten. Ich müsste standhaft sein, um im Notfall jemanden festzuhalten. Wenn jemand eine Krise haben wird am 28. Mai – warum nicht sie? Warum nicht er?

Ich muss für sie da sein, sie sollen sich an mir halten.

Du wirst uns zur Lustbefriedigung dienen, hat er mir geschrieben.

Ja!

Der Himmel strahlt blau vor dem Bahnhofshotel. Wir sind durch ein warm gepolstertes Rohr gekrochen und haben den Atem angehalten. Draußen hämmern Bauarbeiter. Wir sind hindurchgerutscht, peu a peu. Der Verkehr rauscht. Das ist die Großstadt. Wir sind sanft gelandet.

Draußen gibt es heute wieder so einen herrlichen Sommertag, an dem man auf dem Gras im Alten Botanischen Garten liegt, und die

Männer einem unter den Rock schauen. An dem die Hunde spielen und an Stöckchen kauen. An dem Gebäude hochragen, um uns herum. Kirchtürme, Monumente aus alter Zeit. Bedrohliche Moralfestungen.

Neugierig schauen wir uns um. Sehen das Licht, das von überallher auf uns fällt. Es war eine lustvolle Geburt. Ein prickelndes Gleiten, mein Finger in ihr, gegen den sie sich presste, Nässe darüber laufen ließ, stöhnte und tobte, wir elektrisierten uns gegenseitig, und er hielt uns im Arm. Vom Sturm der Erregung an die Wand gepresst, staunte er uns an.

Als sie sich kennen lernten, hielt ich still. Einfach still, ließ ihr aufheulendes Stöhnen sich über mich ergießen, es rieselte an mir herab. Ich hielt still, und nichts passierte. Der Boden blieb und seine Haut an meinen Lippen, während irgendwo oben seine Hand sie zum Wimmern zwang. Warum lässt sie sich keine Zeit, dachte ich, den schönen Moment zu genießen. Sie prescht auf das Ziel zu, als ginge es um ihr Leben. „Da hast du mir wirklich eine Geile mitgebracht“, sagt er.

„Ja“, wispere ich.

Er führt mich umher, in die Nähe ihres Atems. Wir teilen uns seine weiche Haut.

„Kriegt sie ihn tiefer rein?“ frage ich.

„Ja“, sagt er.

Ihre goldenen Locken lassen sie wie einen Engel erscheinen im abendlichen Dämmerlicht. Ihre Weißheit ist schemenhaft aufgetaucht, ihre Weichheit lehnt sich an ihn an. Sie ist genauso im Bett wie ich. Sie sucht Liebe und Zärtlichkeit und möchte ihm gefallen. Er hält mich am Leben durch seine Worte.

„Schau sie dir an“, sagt er zu ihr. „Wie sie dies mag und das. Wie sie sich hingibt und wie gerne sie es tut.“

„Ja“, hauche ich nur. Immer nur „Ja“, und er lässt mich existieren, gibt mir Raum, baut mir eine Straße, auf der ich dahingleiten kann. Sie ist traurig.

„Aber doch nicht durch uns?“ fragt er.

„Nein“, sagt sie. „Nicht durch euch.“

Uns sagt er. Uns. Und er meint sich und mich. Wenn du wieder zu uns kommen willst...du bist unser Gast...Wir...Er erläutert die Sitten in unserer Familie. „Sie liebt es, für mich da zu sein, stimmt's, A.?“

„Ja“, hauche ich. Nur „Ja“, von irgendwoher, zu seinen Füßen, an seinem Bauch, und er erklärt ihr, was er auch mir anfangs erklärt hat. Was sich für eine hingebungsvolle Frau gehört, was sie noch lernen darf, und was sie können muss.

„Sie“, sagt er über mich, „ist eine Künstlerin.“

Die Bauarbeiter draußen machen eine Maschine an. Sie macht Abgase wie auf einem Flugplatz. Es riecht nach Start.

„Muss ich die ganze Nacht bleiben?“ hat sie irgendwann gefragt.

„Nein“, hat er gesagt. „Du gehst, wann du willst.“

Sie wünscht noch einen schönen Abend und ist weg.

Ich traue mich zu fragen: „Wirst du mich behalten?“

Er zuckt überrascht.

„Oder ist sie besser als ich?“

„Aber nein“, sagt er.

„Ich werde dich behalten.“

Mörder. Das waren für Brigitte immer Monster gewesen. Aus einer anderen Welt. Fleischpakete ohne Hirn, die zerstörerische Kräfte walten ließen und Blut vergossen. Motive für Mord erschienen ihr ebenso primitiv wie die Tat selbst. Geld. Sex. Eifersucht. Worte wie aus einem schlechten Film, die aber doch in der Realität genügend Entsprechungen fanden. Das wusste Brigitte als Sekretärin der Justiz-Pressestelle nur zu gut. Schon oft hatte sie sich an ruhigen Bürotagen in die Anklageschriften vertieft, bevor sie die Namen darin geschwärzt und die Blätter auf dem Tisch der Journalisten ausgelegt hatte. Schlimme Dinge über die Brutalität des Menschen hatte sie da gelesen.

„Als beide schließlich am Eingang des Wohnzimmers zu Boden fielen, legte sich Adams mit seinem übermächtigen Körpergewicht auf Bechthold und drückte das Gesicht des auf dem Bauch liegenden Bechthold mit voller Kraft auf den Teppich. Bechthold verstarb – wie vom Angeschuldigten gewollt – durch Ersticken bedingt durch Behinderung der peripheren Atmung durch Druckbelastung des Brustkorbes in Verbindung mit Behinderung der Durchgängigkeit der Atemöffnungen durch Aufdrücken des Gesichts auf eine weiche Bedeckung.“

Erstickt. Mit seinem Körpergewicht. Und einer „weichen Bedeckung“. Einem Kissen? Einem Kleidungsstück? Brigitte malte sich das Röcheln des Opfers aus, das im Laufe der Misshandlung stärker wurde und schließlich ein letztes Mal erklang. Sie dachte an die Füße des Malträtierten, die unter dem mörderischen Körper hervorlugten, vielleicht noch einmal zuckten, bevor der arme Bechthold zur Leiche wurde. Wie bitteren Honig saugte Brigitte die gruseligen Gefühle aus den kühlen Formulierungen, während sie sich in ihrem tristen Büroraum die Bluttaten ausmalte.

„Der Angeschuldigte wollte die Geschädigte keinem anderen Mann gönnen und sich an ihr rächen, da er vermutete, dass sie ein Verhältnis mit einem anderen Mann hat. Er entschloss sich daher, die Geschädigte zu töten. Dazu versetzte er ihr in der Wohnung mindestens zehn Stiche mit mehreren Messern in den Bereich zwischen Brust und Bauchnabel. Er würgte sie sodann und erstickte sie anschließend mit einem weichen Gegenstand, vermutlich einem Kissen.“

Wieder mit einem Kissen! Einem Gegenstand, der gemütliches Kuscheln verhieß, ein Kissen, auf dem Mörder und Opfer wahrscheinlich viele Male zusammengelegen hatten, Kopf an Kopf. „Er entschloss sich zu töten." Welche Angst einflößende Anmaßung dieser Mann an den Tag gelegt hatte. Welche Ausweglosigkeit die Frau empfunden haben musste, als sie das Flackern in den Augen ihres Mörders erkannt hatte. Brigitte erstarrte an ihrem aufgeräumten Schreibtisch und legte eine Lesepause ein, um sich in die Todesangst hineinzuversetzen, stellte sich vor, sie sei die Arme, die vor sich die Fratze ihres Geliebten sieht, sich ans Leben klammert und doch gehen muss. Kurz bevor die kalte Klinge in ihre Herzgegend drang, stoppte sie den Film und legte die Anklageschrift weg. Für eine Sekunde fühlte sie sich unsterblich.

„Der Geschädigte Fjodor war führendes Mitglied einer organisierten Gruppe überwiegend russischer Emigranten, die in den 80er Jahren aufgrund von Tötungsdelikten, Handel mit Betäubungsmitteln, Falschgeldherstellung, Raubüberfällen und Schutzgelderpressungen kriminalpolizeilich in Erscheinung trat. Da Fjodor seine Vormachtstellung innerhalb dieser Gruppe verlor, versuchte er, sie zurückzuerobern. Im Rahmen dieses Machtkampfes wurde von der konkurrierenden Gruppe der Entschluss gefasst, Fjodor zu töten. Da Fjodor jedoch als ehemaliger Boxer über erhebliche Kraft verfügte, sollte er in eine Falle gelockt werden...Als Fjodor auf dem Parkplatz eintraf, lotste man ihn in die Ausfahrt, wo bereits drei Komplizen warteten....stürzten sich die mit einer Perücke sowie einer Baseballkappe maskierten Angeschuldigten entsprechend dem gemeinsamen Tatplan auf den in diesem Augenblick arglosen Fjodor und fügten diesem mittels mindestens zwei verschiedenen Messern unter anderem zahlreiche Stichverletzungen des Brustkorbes (mit dreifacher Eröffnung der linken Herzkammer, mehrfacher beidseitiger Stichverletzungen der Lungen, mehrfacher Durchstichverletzungen der Leber, zwei Anstichverletzungen der rechten Niere, drei Darmstichverletzungen, Anstichverletzung der absteigenden Pulsader) sowie mehrfache Stichverletzungen und eine tiefe Schnittverletzung am Hals, letztere mit vollständiger Abtrennung der großen Halsvene links, zu. Fjodor starb noch am Tatort auf gewaltsame Weise durch Verbluten nach innen und außen aufgrund der Herzstichverletzungen."

Man sollte es nicht glauben, dass es solche Verschwörungen wirklich gab. Hätte Brigitte es nicht in einer seriösen Anklageschrift der Justiz gelesen, sie hätte es für Filmstoff gehalten. Auftragsmorde! Dass es wirklich Menschen gab, die sich dazu hergaben. Killer! Manchmal vertiefte sich Brigitte so sehr in die geschilderten Sachverhalte, dass ihr ganz schummrig zumute wurde. Besonders intensiv war dies an Tagen mit Föhn, wenn am Horizont über der Brauerei – die Pressestelle lag mit guter Aussicht im sechsten Stock – die Berge in einem verschwommenen Flirren vibrierten.

Ihrem Entsetzen und ihrer Abscheu über all die kriminellen Machenschaften hatte Brigitte fast täglich in Gesprächen mit den Gerichtsreportern Ausdruck verliehen. Gemeinsam mit dem Dicken von der Bild-Zeitung hatte sie sich gefragt, wie man überhaupt auf die Idee kommen konnte, seine Ehefrau im Keller des eigenen Hauses mit gezielten Hammerschlägen auf die Schädeldecke zu töten. Wie man das aufspritzende Blut, die Schreie, die herausglibbernde Hirnmasse ertragen konnte. Woher man die Nerven nahm, sich nach dieser ekelerregenden Tat gleich nebenan zu duschen, die blutige Kleidung in eine Plastiktüte zu stecken und sich in Jogging-Outfit zu werfen. Dann der neunjährigen Tochter, die oben mit der Freundin spielt, zuzurufen: „Bleibt schön in deinem Zimmer. Ich gehe eine halbe Stunde joggen." Die Tüte auf dem Weg in ein Feld zu werfen (wo sie später gefunden wird), dann mit Trompeten und Fanfaren zurückzukehren, die Nachbarin steht gerade draußen, man schwitzt. „Wo ist denn die Erika?" fragt die Nachbarin. „Keine Ahnung", sagt der mörderische Ehemann. „Sie hat Leute erwartet, denen sie ihr Handy verkaufen wollte. Ist sie nicht da?" Und dann gemeinsam mit der Hausfrau und Mutter von nebenan in den Keller zu stapfen, wissend, was einen dort erwartet. So zu tun, als sei man total überrascht und vom Donner gerührt, die Nachbarin in die Blutlache trampeln lassen, ihre Schreie in den Ohren.

„Ein Kranker", hatte der Bild-Reporter gesabbert und daraus die eindrucksvolle Schlagzeile vom „perversen Hammer-Mörder" gemacht.

In langen Gesprächen hatte Brigitte mit Miriam von der Deutschen Presseagentur über die kranke Sexualität des Vergewaltigers gesprochen, der sein Opfer drei Tage lang in seiner Stadtrandwohnung eingesperrt, gefoltert, mit Alkohol abgefüllt, immer wieder vergewaltigt und schließlich erwürgt hatte.

Mit schierem Zweifel an der Menschheit hatte sie mit Steffi vom „Merkur" die schlimmen

Verbrechen der Bande vom Balkan verfolgt. Männer, die einen Mord für ein Butterbrot begehen, Abschaum, für die ein Menschenleben nichts wert ist. „Wie kann man nur so werden?“ fragten sie sich und selbst das Aufwachsen im Kriegszustand sowie lebenslange Armut reichten nicht zur Erklärung aus. „Das sind Bestien“, hatte Steffi gesagt und sich in ihrem braunen Twinset geschüttelt. Entartete Wesen, die man einfach nicht verstehen konnte. Zum Glück.

Brigitte eine Mörderin? Nicht einmal der Gedanke war ihr gekommen in 15 Jahren in der Justiz-Pressestelle und auch vorher nicht. Nicht in 39 Lebensjahren. Aber an diesem verdammten Montagmorgen überfiel er sie mit Macht. Von einer Sekunde auf die andere stand er da, vor ihrem inneren Auge, glasklar, als Lösung aller Probleme.

Was, wenn sie plötzlich weg wäre?

Weg, einfach weg, vom Erdboden verschluckt, diese Traudl.

Traudl. Allein schon der Name.

Traudl und Horst.

Ein Unding.

Horst. Schon wenn Brigitte den Namen nur dachte, legte sich ein süßer Schauer auf ihre

Haut. Sie konnte nicht umhin, mit ihm vor allem die Wonnen des kleinen Todes zu verbinden, des petite mort. Von der ersten Sekunde an hatte Horst zu ihr gepasst. Seine zupackende Art, die auch einen Hauch von Unverschämtheit enthielt, eine Prise von Verachtung und Lieblosigkeit, eine Eiseskälte, die genau die richtige Dosis an Fremdheit in den Sex brachte, um auf der gefährlichen Achterbahn zum Höhepunkt zu landen. Seit Jahren hatte sie keine solche Leidenschaft erlebt. Vielleicht noch nie, dachte Brigitte, wenn sie morgens schweißnass und übernächtigt aus dem Bett in seiner kleinen Wohnung stieg, ins Büro torkelte und sich nur mit Hilfe der Erinnerung an seine Handgreiflichkeiten während der Nacht wachhalten konnte.

Horst war eine Wabe, an der sie klebte, seit sie ihn berührt hatte. Sein Honig sickerte in ihre Wunden und betäubte sie, sein süßes Gift machte sie süchtiger mit jeder Nacht.

Er gehörte ihr.

Seine geraden Finger, die nachts zu angreifenden Baggerschaufeln wurden. Seine Lippen, die sich an ihren festsaugten, seine Zunge, die in ihrem Mund ruderte. Seine seltsame Ausstrahlung von Verzweiflung, wenn er sich auszog und die Bettdecke öffnete. Seine leicht gekrümmte Nacktheit und der Hundeblick, der in Widerspruch lag zu dem, was er gleich darauf tat. Wenn Brigitte ihren Körper seinem näherte, spaltete er sie, machte sich auf den Weg zu ihren Eingeweiden, überschritt die Grenzen als einmarschierendes Heer. Dabei sprach er, eiskalt, wie ein Operateur. Er beschrieb, was er tat. Drei Finger, vier Finger, gleich die ganze Hand. Er ruckelte und rieb und stieß und stach und seine gewalttätige Eroberung öffnete Schleusen in Brigittes Unterleib.

Um das entscheidende Treppchen zu erklimmen, brauchte sie lange. Nicht zu lange für Horst. Er hatte einen Ehrgeiz. Er machte sie abhängig.

Rund um seine Fick-Angriffe drapierte er weiche Wahrnehmungen. Ein Nest aus Gesprächen an Bartheken, Picknicken an Baggerseen, Biergartenabenden im Mondenschein.

Traudl, so erklärte er ihr, sei quasi nicht mehr existent.

„Ich weiß, das sagen alle Männer. Aber meine Freundin und ich schlafen nicht mehr miteinander. Seit zwei Jahren."

Und: „Es entwickelt sich auseinander, dann

geht es noch eine Weile weiter, und irgendwann ist Schluss."

Brigitte brauchte keinen Finger zu rühren, um Horst zu sehen. Er drang in ihr Leben ein wie in weiche Butter.

Schon gegen Nachmittag spürte sie prickelnde Unruhe, ihre Hände, mit denen sie die Anklageschriften sortierte, fühlten sich taub und zittrig an, ihr Körper wartete auf sein Mahl. Den ganzen Tag saß sie in ihren verwegenen Dessous unter den Büroklamotten da, spürte das Kitzeln der Strapse unter dem dunkelblauen Rock und das eng anliegende Korsett unter ihrer Bluse. Sie dachte daran, wie es sein würde, wenn sie irgendwann in der Nacht in Horsts Wohnung ankämen. Wie er es diesmal anstellen würde, sie über sich selbst hinauswachsen zu lassen. Nie machte er es zwei Mal gleich. Doch immer war er zielstrebig, ausdauernd, heftig, und jedes Mal, wenn sich der süße Lustregen über Brigitte ergoss, war sie entschlossener denn je, nie wieder darauf zu verzichten.

Dann das Aufleuchten des Handys, irgendwann zwischen 16 und 18 Uhr. „Wo bist du?" „Wie lange arbeitest du noch?" „Was machst du gerade?"

Für den Abend hatte er immer längst einen Plan. Er fraß sich in Brigitte hinein, Stück für Stück. An Schlafen war nicht zu denken, wenn sie mit ihm zusammen war. Nur an besinnungsloses Ficken, an immer wieder neue Variationen von Penetration. Er nahm ihren Körper und drehte ihn um, er legte sie sich so hin, wie er sie brauchte. Er kommandierte und befahl, doch er ging nie über ihren Hunger hinweg. Immer führte er sie zuerst an dem randvollen Futtertrog vorbei, in den sie ihr Gesicht tauchen, einen dicken Happen herausfressen durfte, bevor er sich seinen Anteil nahm. Brigitte liebte auch seinen Teil. Seine wachsende Härte und den heller werdenden Atem, seine Explosion und sein leises Aufstöhnen, den lang gezogenen Ton, der sich gleichzeitig mit seiner Nässe in sie ergoss. Immer tiefer drang dieses Sperma in sie ein, seine Atome und Zellen verbanden sich mit ihren eigenen, die Wände ihres Inneren mussten längst weiß getüncht sein.

Ich bin ihm hörig, entdeckte Brigitte und fragte sich, ob dies in den Augen der Justiz ein Straftatbestand war.

Es war nicht so, dass sie die Wende nicht mitbekommen hätte. Sie sah ihn noch in der

Badewanne sitzen, seine Brustwarzen schauten aus dem Schaum. Die mittelgescheitelten Haare spalteten sich in zwei Tollen, aus faltenumrahmten Augen stachen dünne Bohrer ihr ins Gesicht.

„Ich habe heute einen Anruf bekommen“, sagte er.

Sie kniete neben der Badewanne, nahm mit dem linken Zeigefinger etwas Schaum und rieb ihn auf seine Warzen.

„Einen Anruf?“

„Von Traudl. Sie hat unsere E-Mails gelesen.“

Sie wisse jetzt von ihrem Verhältnis.

Sie habe alle Liebesbriefe zurückgebracht.

Sie habe ihm bedeutet, aus ihrer Wochenend-Landwohnung zu verschwinden.

Ist doch wunderbar, dachte Brigitte.

Horst zog ihren Kopf über die Badewanne küsste sie, öffnete ihren BH und warf ihn in hohem Bogen auf den Badezimmerboden.

Doch am nächsten Freitag sah die Welt plötzlich anders aus.

„Sie hat ihre Taktik geändert.“

Erst seit wenigen Minuten war Horsts Wärme in Brigittes Unterleib.

Gerade eben erst hatte er sie auf den Bauch gedreht, sich den Weg in ihr Inneres geöffnet, war eingedrungen und hatte sich dort niedergelassen. Die Organe in ihrem Bauch bebten noch von der Erschütterung.

Traudl werde am Wochenende mit ihm aufs Land fahren, sagte er, bereits angezogen. Brigitte war noch nackt, hatte nur ein Handtuch umgeschlungen. Dasselbe, mit dem sie kurz zuvor das Sperma von ihrem Oberschenkel abgewischt hatte.

Traudl wolle sich ihm widmen.

Ganz.

Es sei dann wirklich so gekommen, sagte Horst am Montag.

Er trug einen Picknickkorb, den er liebevoll gefüllt hatte. „Wir fahren an den See", hatte seine SMS gelautet. Sie waren ausgestiegen und liefen jetzt durch das duftende Gras, vorbei an einer Scheune, einen kleinen Hügel hinauf zu dem romantischen Platz, den er ihr Wochen zuvor zum ersten Mal gezeigt hatte. Ein Badestrand, der sich jetzt am Abend des heißen Sommertages leerte, der zur einen Seite den Blick auf die Bergkette, zur anderen den auf den Sonnenuntergang bot.

„So gekommen?" fragte Brigitte.

„Ja." Und er redete. Er erzählte, wie er mit

Traudl im Haus auf dem Lande angekommen sei, wie er mit ihr in der Küche, die Brigitte kannte, weil er ihr das Haus einmal gezeigt hatte, herumgelungert sei, und wie er dann gesagt habe: „Ich brauch jetzt noch was." Womit er aber nicht Sex gemeint habe. Beide hätten sich ein Bier genommen, eine Weile herumgestanden und dann seien sie übereinander hergefallen.

Konnte es wirklich sein, dass Horst mit ihr, Brigitte, auf dem Weg zu einem romantischen Picknick war, während er zugleich von der sexuellen Wiedervereinigung mit Traudl sprach? Konnte es sein, dass Brigitte weiter neben ihm ging, vorbei an dem splittrigen Holz der Scheune hinauf zu dem kleinen Plätzchen, das sie jedes Mal auswählten, sofern es frei war. Konnte es sein, dass Brigitte sich auszog und sich neben ihn legte, auf das Handtuch, das er zu diesem Zwecke immer im Kofferraum hatte. Wie schaffte sie es, keine andere Reaktion zu zeigen als die, eine Frage zu stellen, die ihr letzter Strohhalm war, der dann auch abknickte.

„Und wie war's?"

Er machte eine kurze Pause, wie nach dem Biss in ein Brötchen, dessen Geschmack er auf sich wirken ließ. Dann sagte er: „Gut."

Der Hügel über dem See schwankte. Nackte Menschen, die sich im Abendlicht sonnten, waren Flecke auf dem Grasteppich. Ein Paar ging ins Wasser, bildete Kreise auf der reglosen Oberfläche. Ein Juchzen drang zu ihnen herauf.

Brigitte war nie hier gewesen, bevor Horst sie hergebracht hatte. Drei idyllische Seen, wie gemalt in die Landschaft gebettet, zwanzig Minuten Autofahrt von der Stadt. Vom Parkplatz führte ein verschlungener Weg zu diesem Aussichtspunkt.

Er hatte immer alles dabei. Eine kleine Decke und zwei Porzellanteller. Bestecke und zwei Proseccogläser. Eine gekühlte Flasche. Frisches Baguette, drei Mozzarella und eine Handvoll Tomaten, eine Pfeffermühle und Servietten. Mit ruhigen Bewegungen packte er aus, breitete die Decke aus, bat Brigitte, ein Stück zur Seite zu rutschen, öffnete die Proseccoflasche und goss ein, suchte einen standfesten Platz für die Gläser, schimpfte dabei vor sich hin, ritzte in die Plastikverpackung des Käses und ließ die Flüssigkeit ins Gras laufen, ordnete den Abfall an einer Stelle in seinem Picknickkorb, zerschnitt den Mozzarella in ordentliche Scheiben und drapierte sie auf die Tomatenscheiben.

An Brigittes Herz pappte ein Gummipfeil. Wie konnte er so seelenruhig vor sich hin tüfteln, während sie erwog, ihm eine runterzuhauen, sich anzuziehen, ihm den Prosecco ins Gesicht zu schütten und den Mozzarella-Tomaten-Salat den Hang hinunterzukippen? Was bezweckte er damit, dass er sie nur anschaute, die Lippen zusammengepresst, wie ein Hund, der Schläge erwartet? Über den See flutete ein blutroter Sonnenuntergang, mitten hinein in die scharfkantige Silhouette der Berge am Horizont.

„Und wieso erzählst du mir das?"

Er zerfetzte ein paar Blätter Basilikum über dem Mozzarella-Tomaten-Salat, träufelte Balsamico darauf und ratschte mit der Pfeffermühle.

„Weil ich mit offenen Karten spielen will."

Sie war hungrig. Und durstig. Und er fügte hinzu:

„Das hier soll keine Abschiedsparty sein."

Brigitte trank ihren Prosecco in einem Zug aus.

Auf dem Rückweg durch Grillenzirpen und Mondenschein schaute sie nach oben. „Da ist mein Stern", sagte sie. „Den du mir bei unserem ersten Picknick geschenkt hast." An der Scheune stellte Horst den Picknickkorb ab, schob sie an das Holztor und sagte: „Streck deinen Hintern raus!“ Er tauchte in sie ein und es war geil, nur 50 Meter entfernt von auf dem Feldweg vorbeigehenden Badegästen zu kommen.

Alles werde jetzt wieder so sein wie früher mit ihm und Traudl, sagte er am Mittwoch.

„Wie früher?“ protestierte Brigitte. „Aber es ist doch nicht mehr wie früher, jetzt gibt es mich.“

Das Wochenende, beginnend am Donnerstag, würden er und Traudl wieder gemeinsam auf dem Lande verbringen.

Montag, Dienstag und Mittwoch aber gehörten ihr.

Der Tag, an dem Brigitte beschloss, Traudl umzubringen, war ein Montag. Donnerstag, Freitag, Samstag, Sonntag – das waren vier Mal 24 Stunden Entzug gewesen. Zwei Mal hatte sie diese neuen Wochenenden durchgestanden, an denen Horst vom Erdboden verschluckt wurde. Diese Tage gingen nicht einfach so vorbei, sie bestanden nicht einfach nur aus dem sehnsüchtigen Warten von Brigitte und dem gierigen Genießen von Traudl. Er komme jetzt vor Ficken kaum noch zum Atmen, hatte Horst Brigitte eine Woche nach dem Picknick erzählt.

Traudl wolle jede Nacht. Sie habe gar nicht mehr gewusst, was für einen tollen Schwanz er habe. Mehrere Male erschien Horst völlig unrasiert und mit letzter Kraft bei Brigitte, grinste verschämt, aber auch sichtbar stolz.

„Dafür müsste sie mir eigentlich dankbar sein", sagte Brigitte zynisch.

„Ja", sagte Horst verträumt.

Doch Brigitte wusste, dass diese Frau, die sie nur von einem Foto auf seinem Schreibtisch kannte – Kuhaugen, die in die Kamera blinzelten, Entenlippen lächelnd an einer Kaffeetasse – ihr keineswegs dankbar war. Sie wusste, dass sie während des verdammt langen Wochenendes gegen sie anfickte, und dass Horsts allnächtliche Beanspruchung, er war schließlich nicht mehr der Jüngste mit seinen 45 Jahren, ein tot geborenes Kind war. Das konnte er nur noch eine gewisse Zeit aushalten, und diese Zeit lief. Auch Traudls Erpressungsversuchen würde er nicht mehr lange widerstehen können. Morgens zwischen sechs und sieben Uhr – Traudl kannte Horsts sexuelle Gewohnheiten ja nun wieder – klingelte zehn Mal hintereinander sein Handy. Nachts leuchtete eine SMS nach der anderen bei ihm auf. „Was schreibt sie?" fragte Brigitte. Doch Horst weigerte sich, nachzuschauen. „Das interessiert mich jetzt nicht, denn jetzt bin ich mit dir zusammen.“

Nachts erschien Traudl Brigitte im Halbschlaf, während sie – die Lippen Zentimeter neben Horsts Brustwarzen – an seinem atmenden Körper lag. Traudl war immer da, wenn Horst ihr seinen Schwanz widmete. Es war ein geiler Kampf, der Brigitte erregte. Mein Schleim wird deine Fotze vergiften, dachte Brigitte, während Horst im Dunklen an ihr arbeitete, weißt du eigentlich, Traudl, dass ich in diesem Moment praktisch dich ficke, du Schlampe, du ausgeleierte Kuh. Sie war sicher, dass Traudl es sich zur selben Zeit in ihrem einsamen Bett selbst machte und das bescherte Brigitte so manchen Höhepunkt.

Trotzdem durfte es nicht mehr lange weitergehen. Denn Traudl hatte nur ein Ziel: Sie wollte den Kampf gewinnen.

Brigitte musste ihr zuvorkommen.

An dem entscheidenden Montagmorgen auf dem Weg zum Justizgebäude parkte Brigitte ihr Auto am Rande des Flusses. Sie konnte nicht mehr fahren, weil Tränen der Wut aus ihren Augen schossen. „Montag diesmal nicht“. So hatte seine kurze SMS am Freitagabend gelautet. Dann war er untergetaucht ins Unerreichbare, wie das Wochenende zuvor, hatte auf keine ihrer SMS mehr geantwortet, weil das sein Prinzip war. „Wenn ich bei dir bin, bin ich bei dir. Wenn ich bei ihr bin, bin ich bei ihr."

Brigitte kochte. Das war gegen die Abmachung. Einen Tag weniger! Einer von ihren Tagen, von Traudl vereinnahmt. Alarmstufe eins. Du Miststück, dachte Brigitte. Eine Nacht länger, die sie warten sollte auf seine Hände, auf seine Stimme, auf seinen Nektar, der sie beruhigte, ruhig stellte, auf ihre Sättigung. Ganze 24 Stunden mehr und das, wo diesem Montag bereits das lange Wochenende vorausgegangen war. 24 Stunden, in denen diese ekelhafte Person an seinem Schwanz sabbern und sich von ihm ihn den Arsch ficken lassen würde. Denn das liebte sie, hatte Horst gesagt.

Brigittes Gedanken klebten an der Schmach. Wie konnte er sie so abfertigen. Eine kurze SMS. Wenn es wenigstens ein Anruf gewesen wäre. Ein „Es tut mir schrecklich leid, ich wünschte auch, es wäre anders, aber ich muss". Ein Bedauern unter Liebeserklärungen. Stattdessen diese Kühle.

Das kam nicht von ihm, dahinter steckte sie. Brigitte würde sie vernichten.

Der Schatten am Fenster konnte nur Traudl sein. Lange Haare fielen ihr vors Gesicht, während sie hin und her ging in dem hell erleuchteten Raum des Bauernhauses, der, soweit sich Brigitte erinnerte, die Küche war. Brigitte wusste kaum mehr, wie sie hierher gekommen war, in diesen fremden, dunklen Hof. Wie sie die abgelegenen Häuser dieses kleinen Dorfes gefunden hatte. Es war Monate her, als sie mit Horst kurz hier gewesen war. Sie hatten beinahe vor der Haustüre geparkt, und Horst hatte sie die Treppen hoch geschickt. Im kalten Flur hatten schmutzige Schuhe gestanden, auch die anderen Räume hatten die klamme Kühle eines Landhauses gehabt. Damals hatte Brigitte auch das Bett gesehen. Ein großes Doppelbett, in dem sich aber nichts mehr abspielte, wie sie seinerzeit noch annehmen durfte. Horst hatte kurz ein paar Sachen abgestellt, andere in seinen Kofferraum gepackt und einen Blick in den leeren Kühlschrank geworfen.

„Siehst du, dass wir kaum hier leben", hatte er gesagt und auf die leeren Kühlregale gezeigt. „Alles verkommt und ist leblos in diesem Haus. Daran sieht man, wie es um unsere Beziehung bestellt ist."

Brigitte hatte sich als Prinzessin gefühlt, als auserwählte Nachfolgerin der abdankenden

Königin. Als Retterin eines Verstoßenen, eines Vernachlässigten, eines sexuell ausgetrockneten Mannes. Sie hatte das Leben zurück in seine Nächte gebracht, er würde ihr auf ewig dankbar sein.

Niemals hätte Brigitte an jenem sommerlichen Spätnachmittag gedacht, dass sie wieder herkommen würde, um Traudl umzubringen.

Sie war losgefahren, als sie bis zum Montagabend nichts von Horst gehört hatte. Es war noch hell gewesen, als sie sich ins Auto gesetzt und sich den Weg in das kleine Dorf rund 60 Kilometer außerhalb der Stadt in Erinnerung gerufen hatte. Zuerst auf die große Ausfallstraße im Norden der Stadt, vorbei an schwankenden Autobahnschildern, dann auf die Autobahn, nach zwei Abfahrten wieder hinunter. Dann auf die Landstraße in die Pampa, ein graues, schmales Band, das bald blutgetränkt sein würde. Brigitte stellte sich vor, wie Traudl und Horst hier gefahren waren. Was bildeten sie sich ein, ihr Paarleben einfach so fortzusetzen, obwohl sie jetzt Teilhaberin war? Wie konnten sie annehmen, dass Brigitte einfach zuschauen und sich so demütigen lassen würde? Dicke, graue Wolken zogen über den Horizont und brachten die Dämmerung mit. Die ländliche

Idylle am Straßenrand wurde schmutzig, bevor sie langsam im Nichts versank. Brigitte kämpfte gegen die Lichtaugen, die ihr entgegensausten und von denen sie befürchtete, sie würden sie rammen. Wie sie diese Landstraße hasste, am allermeisten den ausgebauten Teil. Immer wieder verdoppelten sich die Lichter, standen plötzlich zu viert nebeneinander. In Panik fuhr Brigitte am rechten Rand, überholende Wagen sausten knapp an ihr vorbei.

Ebenso grässlich fand sie die breiten Straßen, an deren Ränder plötzlich Häuser standen, die sich als Ort ausgaben. Riesige, über die Straße gebogene Ampelanlagen, in die Weite gebaute Tankstellen, graue Einfamilienhäuser, in denen Menschen vor sich hin schimmelten.

Es war stockdunkel und niemand war auf den Straßen zu sehen. Hier auf dem Land hockten sie hinter dem Haus oder vor dem Fernseher, denn hier gab es keine Zerstreuung.

Bald würden sie ein Thema haben.

Brigitte wusste, dass es die größte Sünde war. Dem Geliebten nachzuspionieren, ihn in seinem ersten Leben heimzusuchen, sich dem anderen Objekt seiner Begierde zu nähern. Nicht hingebungsvoll abzuwarten, sich in seiner Abwesenheit anderweitig zu beschäftigen, sinnvoll. Das zu tun, was eigentlich sein Vorrecht war: Penetrieren. In die lange, dunkle Fotze seines Landlebens einzudringen, wo ihn des Nachts die Spinnen küssten und Mücken um seinen Dackelblick surrten. Einmal hatte er ihr die Ehre erwiesen, diese Luft atmen zu dürfen. Er hatte ihr vertraut. Geglaubt, dass sie nicht wiederkommen würde, wutentbrannt und nachts, um sich durch die Energieaura seiner Beziehung mit Traudl zu bohren. Er hatte geglaubt, dass sie diesen Ort meiden, dieses ländliche Anwesen mit seinen putzig angeordneten Häusern – Traudl teilte sich den Hof mit ihrer Schwester und deren Familie – vergessen und seinem Glück überlassen würde.

Doch er war zu weit gegangen. So sehr hätte er sich nicht unter die Ägide dieser Traudl mit der schiefen Lippe begeben dürfen. So lange hätte er ihr, Brigitte, nicht seinen Saft entziehen dürfen. Er hatte ihr das Hirn weggeblasen. Sie war einfach losgefahren, eingestiegen in ihr Auto und wie eine aufgezogene Mörderpuppe durch die leere Nacht gefahren.

Die Badewannenszene, die veränderte Taktik, das Picknick am See – viele kleine Bomben explodierten während der Fahrt, katapultierten das Auto immer weiter vorwärts, hinein ins Verderben. Ortsschilder, die sie niemals mehr hätte sehen dürfen, leuchteten unter ihren Scheinwerfern auf, Abbiegungen, die tabu hätten sein sollen, nahm sie mit einem rasanten Schwung. Sie musste Horst da rausholen, aus den Fängen der Hexe, die ihn verzaubert hatte mit teuflischer Macht. Sie musste sie verbrennen, einen Scheiterhaufen entzünden, sie pfählen, töten, zerfetzen, braten und den Raben auf dem Feld vorwerfen. Und wenn die ganze Welt explodierte, sie demnächst dem Vorsitzenden des Schwurgerichts, dem knallharten Inquisitor, ihr gesamtes sexuelles Vorleben schildern musste, wenn sein Entsetzen, was aus seiner braven Sekretärin geworden war, in seinem Gesicht lesbar wäre, wenn das Bild-Arschloch aus ihrem Drama eine blutige Schlagzeile machte, es konnte nichts Wichtigeres geben, als dieser Person jetzt sofort und endgültig Einhalt zu gebieten.

Mindestens fünf Mal war sie im Kreis gefahren, hatte sich in Dorfkirchen umschlingenden Sträßchen verirrt, war auf der falschen Seite des Kaffs herausgekommen. Sie hätte aufwachen können, den Plan vergessen. Doch in ihrem Rücken steckte ein Pfeil, der erst entfernt würde, wenn Traudl tot war, in ihrem Blut liegend, vom Erdboden verschluckt.

Das da hinten musste es sein. Brigitte ortete ein Licht am Ende einer ausgebauten Feldweges. Ja, hier waren sie entlanggefahren, Brigitte stolz an Horsts Seite, passiv und hingebungsvoll angesichts seiner Pläne mit ihr. Jetzt schaltete Brigitte das Licht aus, fuhr weiter im fahlen Licht des Mondscheins. Etwa 200 Meter vor dem Anwesen hielt sie an.

Welch eine Nacht! Grillen zirpten, als Brigitte aus dem Auto stieg und leise die Tür schloss. Sie könnten durchaus auch noch im Hof sitzen, vielleicht mit der ganzen Familie. Das gäbe ein Aufsehen, ein Blutbad. Doch je näher Brigitte kam, desto deutlicher wurde: Der offene Innenhof des U-förmigen Anwesens war leer. Ein paar Stühle und ein Tisch zeugten von geselligem Beisammensein. Vielleicht waren sie schon im Bett und fielen übereinander her oder sie standen in der Küche bei einem Bier. Dann sah Brigitte das Licht. Es wurde eben angemacht und schon erschien eine weibliche Person in dem gelben Fensterviereck. Traudl!

Brigitte sah ihr Profil, das sie bereits von Fotos kannte. Auf manchen sah sie wirklich gut aus. Weiblich und sanft. Da fielen ihr die langen Haare locker ums Gesicht. Auf einem Foto hatte sie den Kopf etwas geneigt, wirkte nachdenklich. Eine schöne Frau. Auf anderen sah sie alt aus. Die Haut erschien schlaff. Sie war 44. Sie strich sich jetzt die Haare aus dem Gesicht, schien mit den Händen etwas zu tun, was Brigitte von ihrem Standpunkt aus nicht sehen konnte. Bestimmt Mozzarella-Tomaten-Salat. Brigitte hatte nie so viel davon gegessen wie in den Wochen mit Horst. Besonders nachts. Dann bekam er plötzlich Appetit. Wo mochte er sein? Vielleicht noch im Bett, wo sie gerade gefickt hatten. Oder am Küchentisch. Sie musste es wissen, damit er ihr nicht unverhofft vor die Flinte lief. Da! Seine Haartolle! Ein Stück von ihm wurde neben Traudl sichtbar, dann mehr. Schließlich standen sie nebeneinander. Beide waren in der Küche.

Jetzt konnte Brigitte hochgehen – in Bauernhäusern pflegten die Türen auch nachts offen zu stehen – sie konnte endlich Traudls Kuhaugen live sehen, Horst neben ihr mit der Pfeffermühle. Sie konnte ihr Werk vollenden: Traudl ein letztes Mal ficken mit dem Revolver, nicht ohne einen aufklärenden Satz: „Ich lasse ihn mir von dir nicht wegnehmen!“ Sie würde ihnen die Waffe vor die Nase halten, die Drohung würde das Paar paralysieren, sie würden all ihren Befehlen gehorchen. Dann war es nur noch eine Frage der Zeit, bis die kleine Kugel durch Traudls Schädelknochen dringen, das Blut in einer riesigen Fontäne auf den Mozzarella spritzen, die Bestie zusammensacken, auf dem Küchenboden liegen würde, eine Fleischmasse. Unfickbar.

Langsam ging Brigitte auf die Haustür zu.

Die Angeschuldigte, die ein sexuelles Verhältnis mit Herrn Rogl hatte, hatte bereits im Juli gedroht, die Geschädigte, ihre Nebenbuhlerin Frau Kress umzubringen, falls er sie wegen ihr verlassen wolle. Sie war der Ansicht, Herr Rogl habe sich nach ihren Wünschen und Bedürfnissen zu richten. Insbesondere könne er nicht ohne oder gegen ihren Willen die Beziehung beenden und nurmehr die Beziehung zu Frau Kress weiter führen. In der Nacht vom 29. auf den 30. August fasste die Angeschuldigte den Tatplan, da sie vermutete, dass sich die Situation zu ihrem Ungunsten verschärfte. Sie entschloss sich, die Geschädigte zu töten. Von dem ihr flüchtig bekannten anderweitig verfolgten Juri Fjodorowitsch besorgte sie die Tatwaffe, einen Revolver vom Kaliber neun Millimeter. Sie begab sich zu dem Anwesen der Frau Kress, drang durch die offene Haustüre ein und zwang sie unter Bedrohung mit der Waffe zu sexuellen Handlungen mit Herrn Rogl, indem sie diesen aufforderte: ‚Fick sie in den Arsch, ich will sehen, wie du sie in den Arsch fickst.‘ Die Geschädigte musste Sätze wie „Ich bin eine ekelhafte, erpresserische Hure und habe ihn nicht verdient“, „Ich bin mit ihm noch nie zum Orgasmus gekommen“ und „Ich weiß, dass er dich mehr liebt und deine Titten geiler findet“ sagen sowie „Ich weiß, dass er nur wegen des Geldes bei mir bleibt“, „Er fickt mich in den Arsch, weil mein Loch zu groß ist“. Die Angeschuldigte zwang die Geschädigte, sich über den Küchentisch zu bücken und die Hose herunterzuziehen und forderte Herrn Rogl unter Waffengewalt auf, den Analverkehr mit der Geschädigten durchzuführen, jedoch sein Glied herauszuziehen, bevor er zum Samenerguss kam. Die Geschädigte musste danach die Schamlippen auseinander ziehen und die Worte ‚Fick mich‘ äußern. Die Angeschuldigte führte den Lauf des Revolvers in die Vagina der Geschädigten ein und drückte ab. Die Geschädigte starb aufgrund einer Zerfetzung der Gebärmutter und eines glatten Durchschusses der Aorta. Zusätzlich gab die Angeschuldigte einen Schuss auf den auf dem Tisch liegenden Kopf der Geschädigten ab. In der polizeilichen Vernehmung gab die Angeschuldigte an, es sei ihr wichtig gewesen, dass der auf dem Tisch stehende Mozzarella-Tomaten-Salat mit dem Blut von Frau Kress getränkt werde.

Die Angeschuldigte wird daher beschuldigt, aus niedrigen Beweggründen einen Menschen getötet zu haben, strafbar als Mord gemäß Paragraph 211 Strafgesetzbuch.

Brigitte, die Rächerin, in der kleinen Küche der Landidylle, entfesselte Leidenschaft, bewaffnet. Vor ihren Augen die riesigen Backen von Traudls Arsch, von dürren Fingern zitternd auseinander gehalten. In Brigittes Ohren war das Abdrücken ein riesiger Knall.

„Entschuldige, Brigitte!“

Sie schrak hoch. Vor ihr wabbelte der Fett-Bauch des Bild-Reporters, über ihr schwankte sein schiefes Lächeln.

„Mir ist die Tür aus der Hand gefallen, du hast ja hier alle Fenster offen stehen. Wollte nur schnell die Anklageschrift von der Alten holen, die ihre Nebenbuhlerin abgeknallt hat. Hast du die da gerade?“

„Ja, die eifersüchtige Geliebte, die hab ich hier."

Sie reichte ihm die Blätter.

Es war Dienstag, 16 Uhr. An Brigittes Oberschenkel kitzelten die halterlosen Strümpfe, zwischen ihren Pobacken rieb der rot-schwarze Tanga. Das Handy leuchtete auf, zum ersten Mal seit Freitagabend.

„Wie lange arbeitest du heute?"

Schwanger? Hatte er schwanger gesagt?

Pias Nacken schmerzte, als sie den Kopf hob und zwischen ihren Beinen

hindurch den Frauenarzt ansah. Sein Gesicht hing in dem Dreieck ihrer in den Halterungen des gynäkologischen Stuhls liegenden Schenkel, genau über dem rasierten Schamhügel. Sein Blick war eingefroren und auf ihre nackten Lippen gerichtet, während er seine Finger in weißen Handschuhen mit einem unhörbaren Plopp aus ihr herauszog.

Gerade war Pia in Gedanken versunken gewesen. Sie hatte sich vorgestellt, dass Herr Doktor von Löwenstein in seinem einfühlsamen Ton gesagt habe: „Nun müssen wir mal die Beschaffenheit Ihrer inneren Schamlippen begutachten." Dann habe er zart, aber nachdrücklich in seinen behandschuhten Fingern die äußeren Schamlippen auseinander gezogen, ein bedeutsames „Hmmmmm" hören lassen, und auch die inneren Schamlippen geöffnet. Er habe sein doktorhaft maskiertes Gesicht langsam seinem Untersuchungsobjekt genähert, zuvor noch ein „Bitte jetzt ganz stillhalten" geäußert und dann seine Zunge herausgestreckt. Mit ihr habe er, die Schamlippen noch immer zu Untersuchungszwecken gespreizt, wahnsinnig sanft die angeschwollene Stelle an deren oberen Ende berührt, mit seiner weichen Wärme eine Zeitlang darauf hin- und her gestreift, sich dann ein wenig zurückgelehnt, ein erneutes „Hmmmm“ hören lassen und „Die Sekretion scheint mir durchaus in Ordnung zu sein, doch wie steht es um die Orgasmusfähigkeit“ geäußert, ein „Bitte, lehnen Sie sich einmal ganz entspannt zurück“ hinzugefügt und, weil seine Patientin unruhig gezuckt habe, seine Helferin ins Behandlungszimmer gerufen. „Bitte, Fräulein Meyer, würden Sie einmal die Fesseln der Frau Sommerladt halten.“ Fräulein Meyer in ihrer weißen Helferinnenuniform habe wie befohlen ohne mit der Wimper zu zucken und mit unverwandtem Blick die in halterlosen Strümpfen steckenden Knöchel Pias umfasst und festgehalten. Ein Schwall von Blut sei aufgrund dessen in deren Schamlippen gefahren, Herr Doktor von Löwenstein habe sich nun ganz auf sein Werk konzentriert und....

Schwanger? „Entschuldigen Sie, Herr Doktor, was haben Sie gesagt?“

„Frau Sommerladt, ich denke, Sie sind schwanger.“

„Oh nein!“ entfuhr es Pia. „Das darf nicht wahr sein...!“

Doktor von Löwenstein lächelte milde.

„Aber warum nicht, liebe Frau Sommerladt. Sie müssen sich keine Sorgen machen. Heutzutage ist das selbst in Ihrem Alter kein Problem mehr."

„In welcher Woche bin ich?" fragte Pia.

„In der fünften etwa."

„In der fünften? Das heißt, ich bin am...am 15. Mai...schwanger geworden...?!"

„Zumindest in der Woche rund um den 15. Mai, ja. Herzlichen Glückwunsch, liebe Frau Sommerladt. Ich werde Ihnen sogleich einen Mutterpass ausstellen lassen."

Pia durfte vom gynäkologischen Stuhl aufstehen. Unten ohne tapste sie in die Umkleidekabine, ihr Hemdchen streichelte sie beim Gehen am Po. Obwohl Doktor von Löwenstein sie keines Blickes würdigte, waren ihr die drei Schritte peinlich. Schnell streifte sie ihr Höschen über, schlüpfte in die Jeans und ihre Schuhe und setzte sich auf den Stuhl an Doktor von Löwensteins Schreibtisch.

„Sie sind mit 37 Jahren zwar eine Spätgebärende", ließ der Arzt sie wissen. „Doch mit einer Fruchtwasseruntersuchung können Sie das Schlimmste ausschließen. Wie alt ist denn der Vater?"

Das wüsste ich auch gerne, dachte Pia.

„Der Vater?" stammelte sie. „Ehm, der Vater ist..."

„In etwa in Ihrem Alter, schätze ich?! Oder ist er wesentlich älter?" „Nein. Das auf keinen Fall", konnte Pia mit Gewissheit sagen.

Das waren weder Nick noch Hartmut.

„Na, dann kann doch gar nichts schief gehen", sagte Doktor von Löwenstein. „Gehen Sie bitte in die Toilette und geben Sie etwas Urin in einen der bereit stehenden Becher, dann können wir gleich einen Schwangerschaftstest machen. Sie können im Wartezimmer auf das Ergebnis warten."

So ein Mist!

Ausgerechnet an dem Tag, in dem sie schwach geworden war, hatte sie die Pille vergessen. Und ausgerechnet da hatte sich offenbar sofort ein aufmüpfiges Ei vor die eindringenden Spermien geworfen. Nur vor welche? Vor die des 29-jährigen Nick, der sie in Pia hineingepumpt hatte, als ginge es um sein Leben. Der sie an die Wand der Damentoilette im Keller der Ü-30-Party gepresst, seine feuchte Zunge in ihren Mund und seinen dicken Schwanz in ihre Muschi geschoben hatte, während nebenan Besucherinnen der Party pinkelten und Klospülungen rauschten. Pia sah noch Nicks dicke Augen vor sich, die sich wie Schallplatten in den runden Augenhöhlen drehten und jeden Moment herauszufallen drohten. Sie sah seine riesigen Pupillen, die Pia an einen Bären auf seiner Beute erinnerten, und sie sah seine seltsam abstehenden braunen Fadenhaare, die an zwei Stellen mit blonden Strähnen geschmückt waren. Sie spürte seine fast weiblich weichen Lippen, die sich an ihrem Mund festsaugten, und seine beiden Hände, die auf ihrem Busen wild rotierten. Sie fühlte den Stoff ihres hochgeschobenen Rockes in den Rücken drücken, die kalte Toilettenwand an ihren Hinterbacken und das Reiben ihrer nackten Haut im Rhythmus von Nicks Zustoßen. Sie erinnerte sich an die aufsteigende Hitze aus ihrem Unterleib, das heller werdende Prickeln rund um Nicks Stab, sein immer wüster werdendes Ruckeln, je mehr er Pias Erregung spürte, und sie erinnerte sich an ihren Schrei, den sie weder unterdrücken wollte, noch konnte, und nur Sekunden später packte Nick wie besessen ihre Hüftknochen und rammte sich tiefer und tiefer in sie hinein. Als er spritzte, fühlte sie seinen Stab in ihrem Inneren in lang gezogenen Schüben pulsieren. Es musste ein ganzer Liter gewesen sein, den

Nick in all den Wochen aufgestaut hatte, in denen sie ihn abgewiesen hatte.

Noch vor Monaten war Nick Pias verhasstes Suchtmittel gewesen. Wie ein schmatzender Gnom war er eines Abends auf der Ü-30-Party vor Pia aufgetaucht. Sie hatte schräg gelächelt und sofort seinen Geruch in ihre Nase gesogen. Schmatz, leck, ich will dich, sagte Nick, und zwar sofort, jetzt und hier. Und Pia, voll gesogen mit Pinot Grigot, schwankte bereits, als ein letzter Zweifel und ihre Freundin sie von der Versuchung wegzogen.

„Der kann sich ja wohl noch ein bisschen mehr anstrengen", raunte die Freundin und packte Pia am Arm. Die konnte Nick gerade noch ihre Handynummer auf den nackten Arm schreiben.

Von da an kam Nick zum Ficken.

Er kam am Nachmittag oder am Abend, mitten in der Nacht, wenn er aus der Disko kam, oder sogar zum Frühstück. Er warf sich auf Pia, presste sie gegen die nächstbeste Wand, riss ihr die Kleider vom Leib und saugte sich an ihr fest. Er führte sich auf, als komme er geradewegs aus Sing Sing und habe seit 15 Jahren keine Frau mehr gesehen. Er ruckelte und rotierte, schob und drehte sich in ihr und beherrschte mindestens die zehn vom Kamasutra vorgeschriebenen Arten, einen Schwanz zu bewegen. Er schaffte es, dass Pia unter seiner wilden Attacke kam, dass sie ihren Saft über seinen laufen ließ, Schreie ausstieß, die ihre Katze erschrocken ins nächste Zimmer flüchten und den Nachbarn demonstrativ seine Balkontür schließen ließen.

So lange Nick in Pias Wohnung war, konnte sie kaum zwei Schritte tun. Nicht einmal aufs Klo konnte sie gehen, dann war er schon hinter ihr, spreizte ihr die Beine und starrte auf den hellen Saft, kniete sich vor sie und leckte sie, hob sie hoch und legte sie über die Badewanne, die sich kalt in ihren Bauch drückte. Ging Pia in die Küche, um zwei Gläser Wein einzuschenken, steckte Nick ihr seinen Finger rein und lief auf diese Weise neben ihr her, stieß und drehte ihn in ihr, so dass sie schon wieder feuchte Augen bekam. Er konnte seinen Schwanz immer wieder nachladen und entleerte ihn innerhalb weniger Stunden mehrfach aufs Neue. Er spritzte in Pias Mund und auf ihre Titten, er ließ sein Sperma ihren Hals herunter und in ihren Nabel laufen, er schmierte es ihr zwischen die Pobacken und quetschte es in ihren kleinen Arsch.

Zum Schluss der Vorstellung grinste er, schaute Pia aus leeren Glubschaugen an, trank sein Glas leer und verschwand.

Monatelang hatte Pia ihn dafür gehasst.

Was bildete er sich ein, mitten in der Nacht eine SMS zu schicken. „Hi, Baby, was machst du gerade? Hast du Lust auf mich?“ Oder zur schönsten Kaffeezeit. „Lust auf einen kleinen Fick?“ Kurz nach Feierabend. „Ich will dich lecken.“

Immer wieder hatte Pia versucht, zwischen seinen gefräßigen Küssen einen Satz zu sagen.

„Du, ich mag nicht immer nur Sex. Ich mag auch, dass du dich mal um mich kümmerst.“

„Aber Baby, ich kümmere mich doch um dich...“ sagte er dann, ging in die Knie und streckte seine Zunge nach ihrem Kitzler aus. Er machte sie mundtot und nach zwei Orgasmen versuchte sie es ein zweites Mal.

„Können wir nicht auch einmal etwas anderes machen? Ins Kino gehen. Essen gehen.“

„Wenn wir alt sind, Baby“, sagte Nick, und sein Schwanz ragte steil auf. Er nahm Pias Kopf und schob ihn nach unten. Mit seinem Aufheulen ließ er Pia alle anderen Pläne vergessen.

Pia versuchte es immer wieder.

Doch Nick grinste nur, fickte sie und verschwand.

Tausend Mal schwor sich Pia, ihn nie wieder in ihre Wohnung zu lassen. Und tausend Mal wurde sie schwach.

Dass sie auf dem Holzweg war, wurde Pia von Mal zu Mal klarer. Neun Jahre lang währte bereits ihr Singleleben. Nach einer dreijährigen Ehe hatte sie angesichts der Aussicht, mit dem öden Finanzbeamten, der ihr Mann war, den Rest ihres Lebens zu verbringen, die Scheidung eingereicht. Etwa vier Jahre lang schwelgte sie in Sex mit Hinz und Kunz, amüsierte sich, ganz nach dem Motto, das sie in einer Frauenzeitschrift gelesen hatte, auf der Suche nach dem Richtigen mit zahlreichen Falschen. Dann jedoch kam der Umschwung. Langsam musste nun wieder der Richtige her. Eine wirkliche Beziehung. Die wahre Liebe. Natürlich nicht ohne Sex. Nicht ohne aufregenden Sex. Nicht ohne exzentrischen Sex. Es müsste doch zu machen sein, dass man einen Mann richtig liebte, wild und haltlos mit ihm fickte und nicht wie mit ihrem Finanz-Ehemann im Dunkeln ein paar fade Turnübungen machte. In den vergangenen fünf Jahren hatte sie immer wieder einem scharfen Liebhaber die Chance gegeben, sich als liebender Traummann zu entpuppen. Doch immer wieder war sie enttäuscht worden. Von heißblütigen Griechen und charmanten Arabern, von hingebungsvoll scheinenden Jungen und verwegenen Machos.

Pia öffnete die Tür des kleinen Schränkchens, das Doktor von Löwenstein im Vorraum der Toilette angebracht hatte, nahm einen Plastikbecher heraus, schrieb mit dem danebenliegenden Filzstift ihren Namen darauf, und pinkelte vorsichtig – nur den Mittelstrahlurin, wie ein Schild ermahnte – hinein. Dann stellte sie die wertvolle Fracht zurück in das Schränkchen. Dort würde eine Hand es von der anderen Seite herausnehmen und den Schwangerschaftstest machen. Pia ging ins Wartezimmer und setzte sich auf die Stühle zwischen Hochschwangere und Mehrfachmütter und dachte nach. Ob die wohl alle den Vater ihrer Kinder ad hoc gewusst hatten? Oder ob vielleicht auch die eine oder andere einen etwas faden Mann ihr Eigen nannte, der sie zur Selbsthilfe gezwungen hatte. Einen, der das Beziehungsleben vor allem vor dem Fernseher stattfinden ließ und der manchmal eine geschlagene Nacht brauchte, um überhaupt nur ein einziges Mal abzuspritzen.

Nein, sie hatte nichts gegen Hartmut. Er war schließlich seit drei Monaten ihre große Liebe.

Eines Abends war er ihr bei der Ü-30-Party aufgefallen. „Arbeitest du nicht auch bei Geiger und Geiger?“ hatte er gefragt. Seine Worte waren aus schmalen Lippen auf Pia herabgefallen. Währenddessen hatte er sie mit wachsamem Blick beobachtet.

„Ja“, hatte Pia gesagt. „Ich bin in der Abteilung Marketing, die Sekretärin vom Gruber.“

„Ich bin bei der Hotline“, hatte Hartmut stolz gesagt und weiter seinen schrägen, starren Blick auf Pias Mimik geheftet. Er ist schüchtern, war ihr im flackernden Licht der Party aufgefallen und instinktiv hatte sie ihn lasziv angelächelt. Die Vorstellung, wie seine Hemmungen von seiner Geilheit weggeschwemmt würden, wie er mit glasigem Blick ihr, der gefährlichen Medusa erliegen, ihre blutroten Schamlippen anbeten und in ihren glühenden Zigeunerinnenaugen ertrinken würde, hatten von einer Sekunde auf die andere ihren Jagdtrieb entfacht.

Ohnehin hatte sie sich gerade, als Hartmut sie angesprochen hatte, wieder einmal tierisch über Nick geärgert. Wie immer hatte er sie auch an diesem Abend in der Öffentlichkeit wie Luft behandelt. Eine Eigenschaft von ihm, die sie ebenso sehr hasste wie seinen schnellen Abschied nach dem Sex. Wenn sie sich auf der Ü-30-Party trafen, turnte er nur wie ein Gockel neben dem Discjockey herum, flirtete mit anderen Mädels – durchweg deutlich jünger als Pia – und würdigte sie keines Blickes, geschweige denn eines Wortes. Doch konnte sie die Uhr danach stellen, dass er um ein Uhr nachts, wenn sie sich auf den Heimweg machte, seine übliche SMS schicken würde.

Während sie weiter mit Hartmut über das Betriebsklima bei Geiger und Geiger geplaudert hatte, hatte Pia beschlossen, die Sache laufen zu lassen.

Wieso eigentlich nicht Hartmut von der Hotline?

Don't fuck in the factory, hieß es zwar immer, doch soweit sie sich erinnern konnte, war sie ihm bisher nie auf den weiten Fluren des Pharmakonzerns begegnet. Es dürfte ja wohl ein Leichtes sein, ihm auch künftig, nach einem eventuellen Debakel oder aber dem – rein statistisch vorhersehbaren – baldigen Ende der Affäre aus dem Weg zu gehen.

Es war dann nicht ganz so gekommen, wie Pia es sich im Weinrausch auf der Ü-30-Party ausgemalt hatte. Als Hartmut sie in jener Nacht nach Hause gefahren und sie ihn zum üblichen Kaffee in ihrer Wohnung eingeladen hatte, hatte er diesen tatsächlich verlangt. Statt sie sofort in ihr Schlafzimmer und auf das bunt bezogene Bett zu drängen, hatte er sich in der Küche niedergelassen, sich mit anerkennendem Handwerkerblick umgesehen und Pias Küchenzeile gelobt. Durch seine halbovale Brille hatte er sie mit großen Augen angeschaut und in seinem dunklen Haar hatte sie deutliche graue Strähnen entdeckt. Er trinke den Kaffee am liebsten mit wenig Milch und zweieinhalb Löffeln Zucker, hatte er ihr mitgeteilt und bei Pia hatte sich ein merkwürdiges Gefühl eingeschlichen. War das nun eine ganz besonders perfide Verführungstaktik oder – es war kaum auszudenken – meinte er es etwa ernst?

Ihr blühender Busen, der an jenem Abend in einem roten Spitzen-BH der Körbchengröße C steckte, und unter einem mehr als knappen Shirt vor Hartmuts Augen schwebte, während sie ihm Kaffee mit wenig Milch und zweieinhalb Löffeln Zucker servierte, hatte sich angefühlt wie ein abgeschaltetes Atomkraftwerk. Noch heiß vom Betrieb vieler Jahre, doch plötzlich war da nurmehr eine leichte Abstrahlung.

Hartmut ließ seinen Blick nicht auf den straffen Hügeln verweilen, sondern zog Pia auf dem Küchenstuhl auf seinen Schoß und schaute ihr in die Augen. Während ihre Titten sich dabei fast um seinen Hals legten, um ihn zu ersticken, ignorierte er sie, streichelte stattdessen über Pias Haar und über ihre Wangen. Zog ihren Kopf zu seinem, hauchte einen Kuss auf ihre Lippen und erzählte ihr dann von sich. Dass er 42 Jahre alt sei und sich vor zwei Jahren von seiner langjährigen Freundin getrennt habe. Dass er nun wieder reif sei für eine neue Bindung und welch ein besonderer Glücksfall es doch sei, dass sic sich begegnet seien. Dass er sie schon mindestens drei Mal bei Geiger und Geiger in der Kantine gesehen und sich gewünscht habe, sie möge ein schwieriges technisches Problem mit ihrem PC haben und ihn zu sich rufen.

Pia mit ihren seltsam sinnlosen Titten und ihrem langsam trocknenden Höschen hatte den Arm um Hartmuts Hals gelegt, ein momentan etwas starres Lächeln aufgelegt und sich immer wieder gesagt: Das hier ist es, was du seit mindestens vier Jahren gesucht hast. Hier ist es, das Glück der Liebe, die Erfüllung, der Märchenprinz. Die Dornenhecke war durchbrochen. In wenigen Sekunden würde sie wachgeküsst und ihr Leben als glücklich Liebende in einer festen Zweierbeziehung würde beginnen.

Vier Patientinnen waren inzwischen schon zu Dr. von Löwenstein hineingerufen worden. Pia und zwei Hochschwangere warteten noch auf den harten Plastikstühlen. Wie hatte sie nur die Pille vergessen können an jenem fatalen Morgen.

Hartmut hatte den Wecker gestellt gehabt. Sieben Wochen war ihre erste Nacht her, die nach dem Kaffeegespräch mit langsamem, zartfühlendem Sex unter Pias bunter Bettdecke weitergegangen war. Hartmuts Schwanz hatte sie damals etwas auf die Sprünge helfen müssen, doch das war ja, wie Pia aus einschlägiger Frauenliteratur wusste, ebenfalls ein Zeichen dafür, dass ein Mann wahre Liebe suchte und kein kurzes Abenteuer.

Seit sieben Wochen hatte sie keine einsamen Wochenenden mehr und sie brauchte im Biergarten turtelnde Paare nicht mehr zu beneiden.

Seit sieben Wochen war Hartmuts tägliche Anwesenheit in ihrer Wohnung eine Selbstverständlichkeit.

Seit sieben Wochen fand Sex ausschließlich in Pias buntem Bett statt und seit sieben Wochen fragte sie sich, ob es normal sei, dass sie in einer Nacht so viel öfter zum Orgasmus kam als der Mann. Über Hartmuts Eifer beim Ficken konnte sich indes nicht beklagen. Er tat es stundenlang und mit einer besonderen Sorgfalt – mit der er übrigens alles machte. Eine angeschlagene Stelle an Pias Küchenzeile reparieren und ihr Auto in die Waschanlage fahren, den richtigen Kanal im Fernseher einstellen und den tropfenden Wasserhahn reparieren. Pia erlebte Dinge, die ihr seit dem Ende ihrer Ehe völlig fremd geworden waren.

Hand in Hand an der Isar spazieren gehen. Zusammen einkaufen. Kochen. Über Geld reden. Am Sonntagnachmittag eine Fahrradtour machen. Am Abend immer noch zusammen sein. Überlegen, ob man den „Tatort“ oder den Film im Zweiten gucken soll. Zusammen auf dem Sofa einschlafen. Sich aneinander kuscheln und sich die Paar-Frage stellen: Liebling, was machen wir heute?

Seit sieben Wochen schrieb Nick wahnsinnige SMS.

„Baby, ich will dich ficken.“

„Brauche dringend deine heiße Muschi.“

„Stell dir vor, ich lege dich über den Badewannenrand und dringe ich in dich ein...“

„Stell dir vor...“

Erst nach Wochen hatte Pia sich erbarmt, ihm zu antworten. Genüsslich hatte sie in dem Gefühl geschwelgt, dieser sexuellen Zecke endlich über zu sein. Nicht mehr auf sie warten zu müssen, auf dass sie sie aussauge, sich nicht mehr einsam zu fühlen, wenn sie sie stehen ließ. Nicht mehr die Blutspenderin zu sein für einen herzlosen Schuft.

„Ich habe einen Freund“, schrieb sie ihm schließlich.

Doch Nick ließ sich davon nicht beeindrucken. Er schrieb und lockte und neuerdings tauchte er sogar auf der Party regelmäßig in Pias Gesichtsfeld auf, lächelte und schmatzte, rollte mit den Augen und Pia roch seinen Geruch. Dann fasste sie nach Hartmuts Hand. Nicht mehr einsam zu sein, das war doch weit mehr wert als jeder sexuelle Exzess.

Dann kam der fatale Montag.

In der Nacht war Hartmut neben ihr eingeschlafen.

Bis drei Uhr früh hatte er „Starwars“ im Fernsehen angeschaut und dabei mindestens fünf Erdinger Weißbier getrunken, welches Pia seit seiner Eröffnung, wie sehr er dieses liebe, ständig bereit hielt. Als er sich gegen 3.05 Uhr unter Pias Decke geschoben hatte – Pia hatte zu der Zeit bereits vier Stunden lang fest geschlafen – war es ihr nicht gelungen, ihn oder seinen Schwanz zum Leben zu erwecken. „Lass mich bitte schlafen“, hatte Hartmut gemurmelt, und er war erst mit dem Weckerklingeln wach geworden. Und das, obwohl Pia schon eine halbe Stunde vorher an seinem haarigen Sack – er weigerte sich standhaft, ihn zu rasieren – gespielt und geleckt hatte. Das Prickeln zwischen ihren Beinen fühlte sich feucht an, gerade so, als könne es Starwars, den Herrn der Ringe und die Formel I problemlos aus dem Feld schlagen.

Doch Hartmut war im Koma.

„Ich muss doch aufstehen“, murmelte er und rappelte sich hoch.

Vor lauter Hunger hatte Pia an diesem Morgen die Pille vergessen.

Und vor lauter Hunger war sie an diesem Abend – Hartmut musste dringend, nach einem Weißbier, früh ins Bett – alleine zur Ü-30-Party gegangen. In ihrem roten Spitzen-BH mit passendem Tanga, einem superknappen roten Shirt und einem glänzenden, schwarzen Rock, halterlosen Strümpfen und männermordenden, hohen, spitzen Schuhen.

Und vor lauter Hunger war sie mit Nick auf dem Damenklo gelandet.

Und jetzt war sie...

„Frau Sommerladt!“ rief Fräulein Meyer in ihrer makellosen, weißen Helferinnenuniform.

Pia wurde mulmig. Mit weichen Knien trat sie vor Dr. von Löwenstein und setzte sich.

Er hockte hinter seinem Schreibtisch und schaute sie seltsam an.

„Tja“, sagte er und Pia schloss ergeben die Augen.

„Da habe ich mich wohl geirrt.“

„Geirrt?“

Pia sprang auf.

„Ja“, sagte der verhinderte Geburtshelfer und zuckte mit den Schultern. „Ihre ausbleibende Periode muss wohl einen anderen Grund haben. Hatten Sie Aufregungen? Schwanger sind Sie jedenfalls nicht!“

„Dr. von Löwenstein, Sie sind ein Schatz!“ rief Pia aus.

„Vielen Dank!“

Sie sauste zur Garderobe, schnappte ihren weißen Sommermantel. Als sie die Stufen in dem kühlen Treppenhaus hinunterhüpfte, freute sie sich auf zwei Dinge gleichzeitig: den romantischen Urlaub auf Teneriffa, in den sie morgen Mittag mit Hartmut starten würde und für den er heute Abend sorgsam die Koffer packte.

Und auf das heiße Date mit Nick heute Nacht auf dem Ü-30-Klo.

Inhalt

Impressum

PF 1621 D-72006 Tübingen

Telefon: 0049 (0) 7071 66551

Fax: 0049 (0) 7071 63539

E-Mail: office@konkursbuch.com

Internet: www.konkursbuch.com

Gestaltung (mit einer Fotografie von Thomas Karsten):

G. + H. Seidel, Wiesbaden

Gesamtherstellung: tz-Verlag & Print GmbH Roßdorf

ISBN 3-88769-703-0